이 멋진 세계에 축복을!
15
사고 신드롬

메구밍
"……저는 이 마을에
필요 없는 여신인가요?"
아쿠아
"네가 여러모로 고민한 끝에
내린 결정이겠지."
다크니스

"……카즈마.
대체 뭘 고민하고
있는 건지 모르겠지만,
저희 모두를 생각해서
내린 결정인 거죠?"
"사토 카즈마. 마왕군과
거래를 하지 않겠어?"
세레나
카즈마

"후회 같은 건 안 해.
이곳에 오게 되어서 좋았어."

"……사토 카즈마 씨.
당신은 이 세계에 오게 되어서 좋았나요?
후회하지는 않나요?"

KONOSUBA!
Congratu

5th Anniversary
lations!!!!!

# 이 멋진 세계에 축복을! 15

## 사고 신드롬

CONTENTS

# 사교 신드롬
# 이 멋진 세계에 축복을! 15

아카츠키 나츠메 지음
미시마 쿠로네 일러스트
이승원 옮김

Character
아쿠아
직업 아크 프리스트
그 누구도 제어할 수 없는 물의 여신. 특기는 연회용 장기자랑.
카즈마
직업 모험가
백수 기질이 있는 주인공. 행운 수치 하나만 비정상으로 높다.
다크니스
직업 크루세이더
방어 전문 마조히스트 여기사. 실은 귀족 가문 아가씨.
메구밍
직업 아크 위저드
홍마족 제일의 천재. 폭렬마법 이외에는 전혀 흥미가 없다.
홈스케
젤 킹
세레나
마왕군 간부 중 한 명. 다크 프리스트.
위즈
액셀 마을에서 매직아이템 가게를 운영하고 있는 점주. 평화주의자지만 리치.

# 프롤로그

그것은 평소와 다름없는 풍경, 그리고 평소와 다름없는 일상이었다.

"카즈마 씨, 카즈마 씨. 간장 줘."

"그래."

아침에 일찍 일어나는 메구밍이나 다크니스와 달리, 나와 아쿠아는 약간 늦은 시간에 아침 식사를 하고 있었다.

"어이. 너, 방금 간장에 손가락이 닿았지?"

"안 닿았어."

간장통의 생김새가 나쁜 탓인지, 이 녀석은 간장을 뿌리다 열 번 중 두 번 정도는 손가락이 내용물에 닿는다. 그리고 그 안에 있는 간장이 정화되고 마는 것이다.

"안 닿았다면 거기에 간장을 뿌려봐. 물이 아니라면 뿌려서 먹으면 되겠네."

"……저기, 카즈마. 왜 그렇게 심술궂은 소리를 하는 거야? 우리는 꽤 오래 알고 지냈잖아? 그럼 지금이 어떤 상황인지도 알 거 아냐."

아쿠아는 온화한 미소를 머금더니 구운 생선 앞에서 그

렇게 말했다.

"네가 매번 조미료를 정화하니까 이러는 거잖아. 네 말대로 정화를 안 했다면, 생선에 간장을 뿌려서 먹어봐."

"먹으면 될 거 아냐! 조미료를 물로 만든 거 가지고 너무하는 거 아냐?! 소재의 맛이 그대로 느껴질 테니까, 정말 맛있을 거야!"

아쿠아는 생선에 물을 뿌리더니 될 대로 되라는 심정으로 그것을 입에 집어넣었다.

"……뭔가 할 말 없어?"

"…………나중에 간장 사러 갔다 올 테니까, 카즈마 씨 옆에 있는 소금 좀 줘……."

아쿠아는 안타까운 표정을 짓고 내가 내민 소금 병을 쥐더니 생선에 소금을 뿌렸다.

바로 그때였다.

"앗~! 뭐하는 거야! 그건 내 생선이야! 돌려줘, 이 짐승아!"

어느새 다가온 춈스케에게 접시 위에 놓인 생선을 빼앗긴 아쿠아가 분노를 터뜨리며 벌떡 일어섰다.

생선을 문 춈스케는 내 발치로 와서, 이윽고 아쿠아를 힐끔 쳐다보았다.

"……이 애는 나를 깔보고 있는 것 같네. 카즈마, 비켜봐. 저 사악한 칠흑빛 털 뭉치에게 이 집에서의 상하관계를 똑똑히 가르쳐주겠어!"

"하아, 밥 정도는 좀 조용히 먹으라고……."

춈스케가 크게 하품을 하면서 생선을 냠냠 먹어대자 아쿠아는 눈을 치켜뜨고 달려들었다.

"아얏! 이 마수가 감히 여신의 피부를 발톱으로 할퀴었어! 좋아, 이참에 결판을…… 아뜨뜨~!"

발톱으로 할퀸 건 알겠지만 아뜨뜨~ 하는 비명은 어떤 의미일까.

조금 신경이 쓰였으나 나는 신과 짐승 쪽은 쳐다보지도 않은 채 식사를 계속했고—.

"저기, 카즈마! 큰일 났어! 이 짐승이 방금 불을 뿜었단 말이야!"

"어이, 그만해. 된장국 마시고 있으니까 내 몸을 흔들어대지 마~. 그리고 내가 전에도 말했잖아? 이 녀석은 불을 뿜어서 생선을 익힌다고."

나는 이제 와서 뭘 그런 걸 가지고 놀라느냐는 투로 말했고, 아쿠아는 춈스케가 무서운지 살금살금 거리를 벌렸다.

"그래. 이 애와 처음 만났을 때부터 범상치 않다고 느끼기는 했지만, 이제 알겠어! ……보여, 보인단 말이야……! 그래. 이 애의 정체가 똑똑히 보여!"

이제야 아쿠아도 눈치챈 것 같다고 생각한 후 내가 식사를 계속하자 아쿠아는 나를 힐끔힐끔 쳐다보았다.

"네 정체는……. 틀림없어! 엄청 악마스러운 무언가야! 자,

냄새로 판별해줄 테니까 얌전히 있어! 여신인 나는 악마의 냄새에 민감하거든!"

아쿠아는 그렇게 말하고 나를 힐끔힐끔 쳐다보았다. 아무래도 확신은 가지고 있지 않은 것 같았다.

"나도 저 녀석의 정체는 몰라. 그러니까 정답은 네가 직접 찾아내."

"……냄새를 맡아봤지만, 악마 특유의 악취가 안 나. 고양이 주제에 비누 냄새가 나는 건 왜일까? 저기, 그 생선을 순순히 넘겨줄 테니까 나한테만 정체를 가르쳐줘."

아쿠아는 생선을 먹고 있는 춈스케의 앞에서 몸을 웅크리더니 진지한 표정으로 쳐다보고 그렇게 말했다.

"어이, 식사하고 있을 때 성가시게 굴면 그 녀석이 화낼……."

"와아아아아아아~! 그, 그만해! 알았어! 네 정체는 이제 캐지 않을 테니까 내 소중한 날개옷을 물어뜯지 마!"

내가 충고를 했는데도 불구하고 공격을 당하고 있는 아쿠아를 본 나는 평소와 다름없는 일상을 곱씹으면서 말했다.

"…………평화롭네."

"뭐가 평화롭다는 거야, 망할 백수! 저녁 때 반찬을 나눠줄 테니까, 이 애 좀 말려봐!"

# 제1장 이 성녀에게 천벌을!

## 1

마왕군 간부이자 다크 프리스트인 세레스디나.

나 같은 백수 출신 모험가는 하늘과 땅이 뒤집혀도 이길 수 없는 상대다.

나는 현재, 위즈에게 정체를 폭로 당했을 뿐만 아니라, 바닐에게 전 재산을 뜯긴 이 불쌍한 마왕군 간부와 인적 없는 공터 바닥에 주저앉아 있었다.

—세레나는 나를 향해 손을 내밀더니 가위질을 하듯 검지와 중지를 까딱거렸다.

내가 그 행동의 의미를 이해하지 못하자 세레나는 짜증이 난 어조로 말했다.

"담배 말이야, 담배. 너처럼 악명 높은 녀석이면 담배 정도는 가지고 다닐 거 아냐. 한 대 줘봐. 이 마을에 온 다음부터는 본성을 숨기느라 담배를 못 피웠거든."

"저, 저기, 담배 없는데요."

이 세계의 담배란 어떤 거지?

종이를 말아서 만든 담배는 아닐 것 같은데, 담뱃대로 피는 걸까.

그것보다 이 여자는 완전 양아치네.

전직 은둔형 외톨이였던 나는 이런 인종에게는 무심코 존댓말을 쓰게 된다.

더스트 같은 양아치는 아무렇지 않게 대하는데 말이다.

세레나는 내 대답을 듣더니 고개를 숙이고 짜증이 난 것처럼 머리를 거칠게 긁적였다.

아까까지의 청초한 이미지는 눈곱만큼도 남아 있지 않았다.

이윽고 세레나는 땅이 꺼져라 한숨을 내쉬었다.

"이제 와서 시치미 떼도 소용없겠지. ……나는 모략과 첩보를 맡고 있는 마왕군 간부, 세레스디나야. 꼭두각시와 복수를 관장하는 사신(邪神), 레지나를 숭배하는 다크 프리스트지."

"자기가 모시는 신을 아무렇지 않게 사신이라 부르네요. 종교 관계자는 자기가 모시는 신이야말로 절대적이며, 다른 종교는 전부 사교라고 여기는 줄 알았어요."

내가 그렇게 말하자 세레나는 훗 하고 웃은 뒤 고개를 들었다.

그녀의 얼굴에는 아까까지와 다르게, 차가운 인형을 연상하게 하는 섬뜩한 무표정이 어려 있었다.

겉보기에 미인인 만큼, 상대가 느닷없이 저런 표정을 지으니 꽤 무서웠다.

……어, 아까는 위즈와 바닐이 있어서 안심했지만, 곰곰이 생각해보니 지금 나는 제대로 된 장비도 없이 마왕군 간부와 단둘이 있는 거잖아?

이거, 큰일 난 거 아냐?

"뭐, 내가 모시는 신은 꼭두각시와 복수를 관장하거든. 명백한 사신이라고."

그렇게 말한 세레나는 거친 말투와 다르게 청초한 미소를 지었다.

꼭두각시를 관장하는 신을 모신다는 걸 알았기 때문인지, 그녀의 모습은 인형이 거짓 미소를 짓고 있는 것처럼 보였다.

온화한 말을 할 때는 부드럽게 느껴지던 저 미소가 지금 이 상황에는 전혀 어울리지 않았다.

눈앞의 간부가 마음만 먹는다면 자신을 언제든지 죽일 수 있는 상황에 처한 가운데, 나는 내심 안절부절못하면서도 그걸 겉으로 드러내지 않기 위해 태연한 척 했다.

"……꼭두각시? 혹시 묘지의 좀비에게 턴 언데드가 통하지 않았던 것도……."

"그래. 그건 좀비가 아니라 내 꼭두각시야. 진짜 고생했다니깐. 한밤중에 무덤에서 시체를 하나하나 꺼내야 했거든. 그건 사신의 힘으로 조종하고 있는 평범한 시체야. 다른 프리스트가 어쩌지 못해서 우왕좌왕할 때, 내가 그 녀석들을 퇴치한다. ……이 방법은 마을 모험가들에게서 손쉽게 신뢰를 얻어야 할 때 주로 써먹어."

이 녀석, 진짜 악랄하네.

아니, 마왕군 간부답다고 말해야 할까?

"……그럼 아까 말했던, 미소녀가 저주로 마왕이 됐다는 이야기는……."

"뭐? 그딴 걸 진짜로 믿은 거야? 마왕의 적수가 될 것 같은 실력 있는 모험가에게는 일단 그 이야기를 해둬. 위험을 감수하며 마왕을 퇴치하지 않더라도, 시간이 흐르면 소녀에게 걸린 저주가 풀려 마왕이 사라지면서 평화로워질 거예요~ 하고 말이야. 그런 이야기를 해두면 대부분의 녀석들은 얌전히 지내려고 해. 다들 자기 목숨은 아깝거든. 위험을 감수할 필요가 없다는 변명거리를 안겨주면, 다들 자기한테 편한 쪽을 택하는 거야."

정에 호소하는 거냐. 진짜 악랄한 방법이네.

마왕의 정체가 미소녀라는 걸 사전에 안다면 마왕과 대치했을 때 주저하게 될 자도 있을 것이다.

역시 모략을 담당하는 마왕군 간부답게 교활한 수를 쓰는걸.

아까 내가 그 말을 믿고 느꼈던 감동을 돌려줬으면 좋겠다.

"하지만, 왜 나한테는 전부 털어놓는 거야? 바닐과 위즈 덕분에 네 정체를 간파하기는 했지만, 나에게 그런 속내를 전부 털어놓는 건…….”

내가 의문에 사로잡히자 세레나는 미소를 머금은 채 말을 이었다.

“뭐, 구차한 거짓말을 더하는 것보다는 사실대로 이야기하고 거래를 하는 편이 나을 것 같거든. ……한동안 네 언동과 행동을 관찰했는데, 마왕이 너를 위험시하는 이유를 모르겠어. ……단도직입으로 묻겠어. 너, 일하는 게 싫은 백수지?”

“맞아요.”

나는 세레나의 질문에 바로 답했다.

“너, 인류를 위해 목숨을 걸고 마왕을 퇴치할 생각은 눈곱만큼도 없지?”

“물론이죠.”

나는 또 바로 답했다.

“……너, 자기가 모르는 곳에서 생판 남이 마왕군에게 고통을 받고 있다는 말을 들으면 어떤 생각이 들어?”

“좀 안 됐다고만…….”

나는 새끼손가락으로 귀를 파면서 대충 대답했고—.

“…………”

내가 단 한 번도 주저하지 않고 바로 대답했더니 세레나는 무표정한 얼굴로 나를 응시했다.

……무표정하지만, 왠지 경멸을 받고 있는 느낌이 들었다.

솔직히 말해 일본에서 살던 시절에도, 불쌍한 아이들에 대해 어떻게 생각하느냐는 질문을 받으면 딱히 정의감에 사로잡히거나 자기가 어떻게든 해야겠다는 생각을 하지 않았다.

아마 일본에 살던 시절에 내가 부자였더라도 지구 반대편에 있는 얼굴도 모르는 아이들을 구하고 싶다고 생각하지는 않았을 것이다.

하지만 나는 딱히 인간 말종 같은 게 아니라 평범한 사람이라고 생각한다.

……생각한다.

……생각…….

"……저기, 나뿐만 아니라 대부분의 사람들이 같은 반응을 보일 거라고 생각하거든요? 그러니까 그런 표정으로 쳐다보지 말아주면 좋겠네요."

"아. 그, 그래. 미안해. 방금 같은 질문에 똑같은 대답을 한 녀석이 없었던 건 아니지만, 한 치의 주저도 없이 대답한 남자는 네가 처음이거든……."

표정에는 변함이 없지만 세레나는 약간 당황한 것 같았다.

"……나는 여러 간부가 종적을 감춘 이 마을, 그리고 여러 사건에 연루된 한 남자에 대해 조사하라는 지시를 마왕에게서 받았어……. 그리고 조사 결과, 그 모든 일의 중심인물이 너라는 걸 알았지. 그리고 그것 말고도……."

"잠깐만 있어봐. 전부 내 탓이라는 말에는 납득 못하겠어. 굳이 따지자면 나는 항상 재수 없게 휘말렸을 뿐이라고."

"그래. 그리고 너의 그런 성격에 대해서도 알았지."

세레나는 그렇게 말하더니 미소를 머금었다.

"사토 카즈마. 마왕군과 거래하자."

"호오."

세레나는 지면에 주저앉은 채 말을 이었다.

"실은 말이야. 누구누구 씨 덕분에 오랫동안 교착상태였던 마왕군과 인류의 전황이 최근 들어 급격하게 변하고 있거든. 다수의 간부가 토벌되면서, 슬슬 마왕군의 결계도 부서질 것 같다고."

"호오. 그 누구누구 씨가 바로 나야?"

"……그, 그래. 바로 너야. 왜 콧구멍을 벌렁거리는 건데? 으스대지 마."

세레나는 그렇게 말하고 도끼눈으로 나를 쳐다보았다. 그래, 나는 그렇게 대단한 남자였구나.

"아하. 마왕군은 지금 꽤 위기에 처한 거네. 마왕군 간부의 결계가 사라지면, 전투 집단인 홍마족이 불철주야 텔레포트로 습격을 가할 거잖아."

"솔직하게 말하자면 꽤 위험해. 하지만 그건 인류 측도 마찬가지거든?"

……응?

"얼마 전까지만 해도 지금까지 이름 한 번 들어본 적 없고 어디서 온 지도 알 수 없지만, 비상식적으로 강한 녀석들이 툭하면 나타났지. 그때마다 우리는 따끔한 맛을 봐야 했어. ……그런데, 우리 쪽의 점술사가 이 근처에서 이상한 기운을 감지했을 때부터였나? 괴상한 이름을 지닌 자칭 용사들이 나타나지 않게 됐다고."

비상식적으로 강하고 괴상한 이름을 지닌 자칭 용사라면, 아마 나처럼 일본에서 건너온 녀석들을 말하는 것이리라.

그리고 그런 녀석들이 나타나지 않게 된 것이다.

…………아.

"……응? 왜 그래? 왜 갑자기 납득한 표정을 짓는 건데? ……왜, 왜 갑자기 부들부들 떠는 거야? ……뭐, 좋아. 아무튼 그래서 너한테 거래를 제안하는 거야."

새로운 치트 보유자가 오지 않게 된 건에는 시기적으로 봐도 내가 관여했을 것 같았다.

내가 아쿠아를 이 세계로 데려왔기 때문일까?

하지만 그 녀석이 맡던 업무는 후임인 천사가 이어받았다.

우수해 보이는 사람이었으니까 맡은 일을 잘하고 있을 것이다.

나는 이 일은 자기와 상관이 없다는 자기암시를 걸며 태연한 척 했다.

"어, 어떤 거래인데?"

"너, 목소리가 떨리거든? 진짜로 왜 그러는 건데?"

세레나는 거동이 수상한 나를 신경 쓰면서도—.

"너 말이야. 마왕군에 들어와."

마치 클럽에라도 놀러가자는 말투로 그렇게 말했다.

"…………뭐?"

이 녀석, 방금 뭐라고 했지?

"못 알아들은 척 하지 마. 마왕군에 들어오라고 말했거든? ……나는 알 수 있어. 너는 우리 쪽에 더 가까운 인간이야."

어이, 헛소리 하지 마.

"나를 깔보지 말라고. 네가 조사한 대로, 세간에서는 나를 쓰레기나 인간 말종, 백수, 로리콤이라고 부르기는 하지만……."

"아, 로리콤이라 불리는 건 몰랐어."

세레나의 말을 무시한 나는 벌떡 일어서서 주먹을 말아 쥐었다.

"확실히 나는 남들보다 좀 못난 구석이 있을지도 몰라……. 맞아. 돈도 있고, 평생 동안 퇴폐업소를 이용할 예약도 해둔 데다, 나에게 호의를 가진 동료들에게 둘러싸여 어리광이나 부리는 인생을 살고 싶어. 때때로 괜한 돈 낭비를 하거나, 이유도 없이 길드의 술집을 하루 종일 전세내서 남들을 곤란하게 해보자는 생각도 해……."

"……내가 생각한 것보다 더 인간 말종인걸."

나는 주먹을 치켜들고 열정적인 목소리로 말했다.

"하지만 나도 눈곱만큼의 양심과 정의감을 가지고 있단 말이야. 내가 모르는 곳에서 알지도 못하는 이가 고생을 하는 건 내가 알 바 아냐. 하지만 눈앞에서 누군가가 도움을 청한다면, 그걸 무시할 정도로 쓰레기는 아니라고. ……내 힘을 원하는 너희의 심정도 이해는 해. 이해하지만, 나는 내가 신세를 진 사람들과 적대할 생각은 없어!"

"……아, 딱히 네 힘이 필요한 건 아닌데……."

…………

"뭐야. 내 강대한 힘이 무서워서 한패로 끌어들이려고 하는 거 아니었어?"

"아냐. 나는 너 따위는 그냥 내버려둬도 문제될 게 없다고 생각해. 하지만, 아까도 말했다시피 이상한 이름을 지닌 녀석들이 갑자기 나타나지 않게 됐거든."

세레나는 갑자기 일어서더니 나를 향해 얼굴을 쑥 내밀었다.

"바로 그 이상한 이름을 지닌 녀석들은, 신이 보낸 자들일지도 모른다는 이야기가 있어."

정답입니다.

……물론 입 밖으로 말하지는 않았다.

"그리고, 지금까지 시도 때도 없이 튀어나오던 그 녀석들이 너를 마지막으로 나타나지 않게 됐어. 마치 신이 너 한 명이면 충분할 거라고 말하는 것처럼 말이야. 마왕 녀석은 너를 옛날이야기에 나오는 전설의 존재 같은 게 아닐까 하고 생각하는 것 같아."

내가 아쿠아를 데리고 이세계에 온 후로 치트 보유자들이 이 세상에 오지 않게 됐다. 그리고 마왕군 간부 토벌의 관련자로 내 이름이 계속 언급된 것이다.

확실히 그렇다면 누구라도 나를 경계하리라.

정말 짜증나는 착각이다.

"나는 마왕성에서 몬스터들에게 둘러싸여 지낼 수 있을 만큼, 강인한 정신력을 지니고 있지는 않아. 마왕 씨한테는 내가 그렇게 잘난 놈이 아니라고 전해줘. 당신네 간부가 토벌되던 자리에 운 좋게 있었을 뿐이라고 말이야. 나는 행운 수치만 엄청 높을 뿐인 약해빠진 최약체 직업 모험가에 불과하거든. 마왕군의 표적이 되는 상상만 해도 무서워 죽겠으니까, 제발 그러지 말아달라고 전해주면 좋겠어."

내가 그렇게 말하자 세레나는 쓴웃음을 머금었다.

"……그렇겠지. 나도 내 눈으로 직접 보고 확신했어. 너를 동료로 삼으라고 말한 건 마왕 한 명 뿐이거든. 뭐, 그 녀석의 지나친 생각이겠지. ……그래도 괜찮겠어? 이쪽에 붙는 편이 너한테도 여러모로 이득일걸? ……아, 맞다. 너, 여자를 안아본 적 없지? 이쪽에 붙으면 네 욕망에 따라 문란한 성생활을 즐길 수 있어. 마족 중에는 몸매가 끝내주는 미녀가 많거든."

"…………. ……돼, 됐어. 예전의 나라면 혹했을지도 모르지만, 지금 나는 이성한테 인기가 좋거든. 그런 감언이설에 안 속는다고."

"그럼 왜 그렇게 안절부절못하는 건데?"

마왕군 간부답게 무시무시한 교섭술을 구사하네.

강철 같은 정신력을 지닌 내가 아니었다면 옛날 옛적에 넘어갔을 거야.

"……뭐, 좋아. 마왕에게는 너 같은 건 아무 짝에도 쓸모없는 조무래기라고 설명할게. 그러면, 마왕이 너를 노리는 일도 없어지겠지. 부하들도 너를 해치지 않도록 손을 써두겠어."

"감사합니다!"

"으, 응……. 그 대신, 내 정체는 네 동료들에게도 알려주지 마. 이 마을에서 이제부터 내가 하는 짓을 방해하지도 마. 그리고 내 동료인 그 두 사람……. 특히 위즈에게는 내가 일을 꾸미고 있다는 걸 고자질하지 마. ……그게 거래 조건이야."

나는 한순간 고민한 후—.

"……큭, 어쩔 수 없지. 내 정의감과 양심이 저항하라고 호소하고 있지만, 이 자리에서 우리가 진심으로 싸우면 마을에 큰 피해가 발생할 거야……."

"그런 건 됐어. 그럼 거래가 성사됐다고 생각해도 되지? 네가 말이 통하는 녀석이라 다행이야."

세레나는 그렇게 말했다.

그리고 조용히 미소를 지으면서 아까까지 지면에 닿아 있던 엉덩이 부분을 털더니, 나를 남겨둔 채 사라지려고—.

"……아. 저기, 미안한데. …………돈 좀 빌려주지 않겠어……?"

나는 아무 말 없이, 아까 동료에게 전 재산을 털린 마왕군 간부에게 돈을 빌려줬다.

"나한테 빚진 거야."

"…………크……."

—세레나와 헤어진 후…….

나는 집으로 돌아가면서 앞으로 어떻게 할지 생각했다.

"그건 그렇고, 마왕군 간부일 줄이야……."

남들 몰래 동료들과 인류를 배신한 느낌도 들지만 이것으로 내 안전은 보장됐다.

몬스터와 싸우는 모험가가 이래도 되는지 모르겠으나 애초에 나 혼자 맞선다고 어떻게든 될 리가 없다.

나는 지금까지 몇 번이나 마왕군 간부 토벌에 관여했지만 솔직히 말해 난 아군에게 지시만 내렸다.

베르디아와 싸울 때는 내가 머리를 스틸하기 전에 아쿠아가 그 녀석을 약체화시켰다.

바닐 때는 메구밍이 폭렬마법으로 해치웠다.

한스 때는 아쿠아가 온천을 정화했고, 다크니스가 동료들을 지켰으며, 메구밍이 폭렬마법을 날렸다. 실비아 때는 내가 지하 셸터에 가둔 바람에 적이 파워업하는 사태가 발생했다.

월버그라는 누님도 메구밍이 결판을 냈었고…….

결과적으로는 전부 잘 풀리기는 했지만 나 혼자서는 아무것도 못했을 것이다.

내가 아까 거래에 응한 것은 거절했다간 그대로 전투가 벌어질 것 같아서였다.

나 혼자 마왕군 간부와 정면대결을 펼쳤다간, 분명 순식간에 살해당하고 말 것이다.

그렇게 약해빠진 내가, 이제 마왕에게 주목받지 않게 된 것이다. 솔직히 말해 고마울 지경이다.

"다들~. 나 왔어~."

내가 멍하니 그런 생각을 하면서 저택의 문을 열어보니—.

"우에에에엥! 우에에에에에엥!!"

"자, 이제 그만 울음을 그치세요. 곧 카즈마가…… 아, 카즈마! 어서 와요. 마침 잘……."

나는 저택 안으로 들어가지 않고 살며시 문을 닫았다.

다음 순간, 문이 활짝 열렸다.

“어이! 문 닫지 마라! 네가 없는 동안, 정말 난리도 아니었단 말이다!”

다크니스가 문을 열어젖히며 그렇게 말했고 나는 불길한 예감을 느끼면서도 일단 물어봤다.

“……이번에는 또 무슨 짓을 벌인 거야?”

거실 소파에 맨발인 채로 앉아서 무릎을 꼭 끌어안은 채 오열 중인 아쿠아는, 대화를 나눌 수 있는 상태가 아니었다.

그 대신, 메구밍이 한숨을 내쉬고 이야기했다.

“……아무래도, 길드에서 난동을 피운 바람에 모험가와 직원들에게 쫓겨난 것 같아요……. 무슨 짓을 한 건지는 모르겠지만, 아쿠아는 한동안 길드 출입을 금지 당했어요.”

……그 후에 진짜로 길드의 술을 물로 바꿔버린 걸까.

“나와 메구밍이 그 여자를 조사하고 저택에 돌아와 보니, 청구서 같은 걸 쥔 아쿠아가 흐느끼고 있더구나.”

물로 바꾼 술값을 청구당한 걸까.

……조사?

“그 여자라면 세레나 말이야? 그래서 요즘 들어 너와 메구밍이 아침부터 외출했던 거구나.”

내가 관심을 가지자 다크니스는 희희낙락하면서 이야기했다.

“그렇다! 잘 들어라, 카즈마. 그 여자는 수상하다! 그렇게 많은 언데드를 퇴치할 정도의 실력자이니 꽤 이름이 알려진 프리스트일 거라고 생각해서 내 연줄로 정보를 모아봤다만…… 세레나라는 이름의 프리스트에 관한 소문은 그 어디에서도 돌고 있지 않았다!"

다크니스의 뒤를 이어 메구밍이 아쿠아의 머리를 쓰다듬어주면서 말했다.

"……게다가 길드 직원의 말에 따르면, 그 여자는 아직 보수를 한 번도 받은 적이 없대요. 아무리 마음이 넓고 착한 프리스트라도, 보수를 전혀 안 받아선 자기 입에 풀칠도 할 수 없을 거예요. 보수를 받기 위해서는 모험가 카드를 제시해야 하죠. ……어쩌면 모험가 카드를 보여줄 수 없는 이유가 있는 걸지도 몰라요."

……이 녀석들은 평소엔 그렇게 이상한 짓거리만 하면서 이럴 때만 예리하다니깐.

"평소에도 이렇게 유능하면 얼마나 좋겠냐고……. 그건 그렇고, 그 녀석에 대해선 더는 조사하지 마. 이미 내가 이야기를 마쳤거든. 세레나는 이제 나한테 다가오지 않을 거고, 자기를 우리 동료로 삼아달라는 소리도 하지 않을 거야."

내가 그렇게 말하자—.

메구밍과 다크니스는 얼이 나간 표정으로 서로를 쳐다보았다.

## 2

다음 날.

"너와 단둘이 외출하니 꽤 신선한 느낌이구나. 그런데 대체 무슨 일로 길드에 가려는 것이냐? 거기 술집에서 식사라도 하려는 거냐?"

나는 다크니스를 데리고 길드로 향했다.

메구밍은 아직도 마음이 풀리지 않은 아쿠아를 돌보고 있었다.

이것으로 마을 안에서 폭렬마법이 펼쳐질 일은 없다.

그래서 다크니스를 데리고 온 건데—.

"……너야말로 왜 그런 복장을 한 거야?"

다크니스는 갑옷이 아니라 상류층 아가씨 느낌이 물씬 나는 옷을 입고 있었다.

움직이기 편해 보이는 타이트스커트가 아니라, 흰색 원피스에 팔꿈치까지 감싸는 장갑을 끼고 있었다.

또한 손에는 무기가 아니라 양산을 들고 있었다.

"……네가 나한테 같이 외출하자고 했지 않느냐. 어차피 이 마을 녀석들에게는 내 정체가 들통 났으니까, 이제부터 뻔뻔하게 굴기로 했다."

다크니스는 약간 부끄러운지 고개를 숙이고 그렇게 말했다.

"……뭐, 좋아."

아마 느닷없이 전투가 벌어지지는 않을 테니 괜찮으리라.

……그렇다. 나는 세레나의 행동을 감시하러 가는 것이다.

정의감이 강한 다크니스에게 내가 마왕군 간부와 거래했다는 게 들통나면 성가신 일이 벌어질 게 뻔하기 때문에 밝히지 않았다.

그리고 마왕군 간부라는 걸 알면 희희낙락하며 싸움을 걸러 갈 게 뻔한 아쿠아에게도 밝히지 않았다.

메구밍이 알았다간 난리가 날 게 뻔하다.

나는 내 신변의 안전을 확보하기 위해 마왕의 수하와 거래를 했다.

내가 생각해도 쓰레기 같은 짓이지만 세레나까지 이 마을에서 토벌 당하면 마왕이 본격적으로 우리를 주목할 것이다.

이것은 나 한 사람의 안전을 위한 행동이 아니다.

경우에 따라서는 이 마을 자체를 마왕이 위험시할지도 모른다.

세레나는 말했다.

이 마을에서 자기가 하는 일에 간섭하지 말라고 말이다.

나는 그 말이 신경 쓰여서 그녀를 감시하러 온 건데—.

"레지나 신이라는 이름은 들어보신 적이 없겠지만, 분명 여러분에게 이익을 가져다줄 거랍니다. 레지나 님의 힘은 진짜예요. 그 어떤 소원도 다 이뤄질 거예요."

"정말인가요?! 저한테도 애인이 생길까요?! 마구간 생활

이 당연한 게 되어서, 모험가가 아닌 남성에게 고백을 해도 「말 냄새 때문에 좀……」 같은 말을 들어요!"

"생길 거예요. 생기고말고요. 마음에 둔 남성의 머리카락을 가지고 오세요. 레지나 님의 힘으로 두 사람이 연인이 되게 해주는 주문을 걸어드릴게요."

"세레나 씨! 저, 저한테도 그 주문을 걸어주세요!"

"어이, 차례를 지키라고! 내가 먼저야!"

……이 소동은 대체 뭐야.

세레나는 어느새 이 길드의 얼굴마담이 된 것 같았다.

그녀는 길드 중앙에서 많은 모험가의 상담 상대가 되어주고 있으며 항상 미소를 머금고 있었다.

"자, 그 어떤 고민도 들어드릴 뿐만 아니라, 상담 상대도 되어드릴게요. 그것이 프리스트의 소임이랍니다."

"……저, 저기……! 저는 이 마을에 온 후로 친구가 안 생겨요……! 단짝친구와 함께 이 마을에 왔는데, 그 애도 요즘 바쁜 것 같고요……. 치, 친구가……! 함께 저녁밥을 먹어줄 친구를 가지고 싶어요! 혼자 밥 먹을 때마다 너무 쓸쓸해요……!"

"그건 위대하신 레지나 님의 힘으로도 해결해드릴 수 없을 것 같군요……."

"…………그, 그런가요……. 실례했어요……."

세레나는 마치 독실한 프리스트처럼 행동하고 있었다.

터벅터벅 걸어가는 홍마족 한 명을 제외하고 대부분의 모험가가 털어놓은 고민을 차례차례 해결해줬다.

"어이, 카즈마. 대체 어떻게 된 것이냐. 혹시 나를 데리고 길드에 온 건 저 여자를……."

다크니스가 내 소매를 잡아당기면서 불안한 표정으로 물었다.

"……응 맞아. 세레나를 감시하러 온 거야. 저 녀석이 뭘 하려는 건지 신경 쓰이거든."

"이, 이 자식……! 어제는 저 여자와 이야기를 마쳤다고 했지 않느냐! 우리에게 저 여자를 조사하지 말라고 말한 건 바로 너다! 모처럼……! 모, 모처럼 이렇게 꾸미고 나왔는데……."

고개를 숙인 다크니스의 목소리 톤이 점점 낮아졌다.

………….

"……너, 혹시 데이트로 착각한 거야?"

"아, 아니……! 아아아아, 아니다……!"

다크니스가 볼을 확 붉히고 허둥대는 가운데, 나를 발견한 세레나가 자리에서 일어나더니 자기 쪽으로 오라고 손짓을 했다.

그리고 세레나는 술집 구석으로 이동했다.

다른 모험가들은 배려를 해주려는 건지 자리를 비켜줬다. 덕분에 우리는 단둘이 이야기를 나눌 수 있게 됐다.

눈을 가늘게 뜬 세레나는 여전히 입가에 미소를 머금은 채—.

"내 정체는 아무에게도 이야기 안했겠지? 혹시나 해서 말하는데, 이건 널 위해서 하는 말이기도 해. 나는 전투에 능하지는 않지만, 그래도 마왕군 간부야. 사신 레지나의 힘은 꼭두각시와 복수지. 내 목숨이 끊어지면, 나를 죽인 상대뿐만 아니라 주위에 있는 이들도 매우 강력한 저주에 걸려. 뭐, 이 마을 주민 중 절반은 저주에 걸릴걸?"

……이런 무시무시한 소리를 아무렇지 않게 했다.

내 얼굴이 딱딱하게 굳자, 세레나는 표정을 유지한 채 재미있다는 듯 나를 응시하며 말을 이었다.

"그 저주의 종류는 다양하지. 몸에 장애가 생기게 하는 것, 그리고 돌이 되거나 목숨을 잃게 하는 흉악한 것도 있어. 너 말고 다른 녀석이 내 정체를 알게 되면, 나는 싸울 수밖에 없어. 그러면 엄청난 피해가 발생할걸? 그러니 서약을 지키는 편이 좋을 거야."

이 여자는 왜 나한테만 이렇게 비밀을 털어놓는 걸까.

……자기가 죽으면 남들에게 저주가 걸린다는 건, 허풍 아닐까?

그런 소리를 하면 누구도 자신을 죽이지 않을 테니까.

내 생각이 얼굴에 드러난 건지 세레나는 자기 손을 슬며시 내밀었다.

"단검 같은 걸로 찔러봐. 아, 살짝만 찌르는 편이 좋을 거야."

……뭐?

"무슨 속셈이야? 남들 보는 앞에서 그런 짓을 어떻게 하냐고. 상대가 아쿠아라면 몰라도 말이야."

나는 그렇게 말하면서 단검 대신 테이블에 비치되어 있던 이쑤시개로 세레나의 손을 살짝 찔렀다.

"윽?!"

이쑤시개로 세레나의 손을 찌른 순간, 내 오른손에서 통증이 느껴졌다.

내 손등 부분을 보니 피가 약간 배어나왔다.

그리고 그곳에는 세레나의 손등에 난 것과 똑같은 상처가 존재했다.

그래. 이게 복수의 신의 힘이구나.

"……이제 내 말을 믿겠지?"

"……이 마을은 내 안주의 땅이야. 대체 뭘 하려는 건지는 모르겠지만 이제 적대하지 않을 테니까, 여기서 이상한 짓 꾸미지 말고 마왕성으로 돌아가 주지 않겠어?"

내가 그렇게 말했지만 세레나는 아무 말 없이 미소만 지었다.

한숨을 내쉬고 그 자리에서 벗어난 나는 다크니스가 기다리는 테이블로—.

"다크니스, 기다렸……."

"아가씨! 라라티나 아가씨, 꼴이 그게 뭐야?! 어이, 왜 그렇게 여성스러운 옷차림을 한 건데?! 되게 귀엽잖아!"

"라라티나 양, 하늘거리는 옷을 입으니 참 귀엽네! 얼굴 가리지 말고, 이쪽 좀 쳐다봐!"

"어이, 아가씨! 왜 얼굴을 붉힌 거야? 당당하게 행동하라고!"

평소와 다른 옷차림을 한 다크니스는, 의자에 앉은 채 귀까지 새빨개진 얼굴을 두 손으로 가리고 어깨를 부들부들 떨었다.

다크니스와 친분이 있는 모험가들이 마치 기회라도 잡은 것처럼 그녀를 마구 놀리고 있었다.

"어이, 우리 아가씨를 놀리지 마! 구경거리가 아니라고! 빨리 꺼져!"

나는 다크니스를 둘러싸고 있던 모험가들을 쫓아내면서 세레나가 무슨 짓을 꾸미고 있는지 곰곰이 생각했다.

## 3

"세레나 님께서 설법을 들려주신대! 다들 서둘러!"

"어이, 이쪽이야! 서두르지 않으면 세레나 님의 존안을 볼 수 없을 거라고!"

그 후로 며칠이 지났다.

아쿠아의 길드 출입 금지 조치는 풀렸지만 마을 안의 분위기는 영 이상했다.

"이쪽이야! 세레나 님께서 곧 이야기를 시작하실 거야! 빨리 가자!"

"자, 잠깐만 있어봐~! 대체 왜 그래? 다들 이상하잖아. 툭하면 세레나 님, 세레나 님……. 그 애는 평범한 프리스트잖아?"

곳곳에서 세레나 님이라는 이름이 들려왔다.

그 마왕군 간부는 순식간에 이 마을에서 성녀로서 숭배되었다.

"……저기 말이야. 내가 저택에 봉인되어 있는 사이에 이 마을에서 무슨 일이 벌어진 거야?"

"봉인은 무슨. 너는 저택에 틀어박혀 지냈을 뿐이잖아. 네가 근신을 하는 사이, 그 여자는 이 마을의 유명인이 됐어."

오랜만에 저택을 나선 아쿠아가 마을의 상황을 보고 깜짝 놀라자 나는 그런 그녀에게 상황을 이야기해줬다.

"……왠지 수상한 여자예요. 뭐, 카즈마가 관여하지 말라고 했으니까, 저는 아무 짓도 안 할 거고, 아무 말도 안 할 거지만요."

메구밍이 나와 아쿠아의 뒤를 따르면서 불쑥 그렇게 말했다.

"……뭐, 하는 일 자체는 칭찬받아 마땅하긴 하지. ……그래도 개인적으로는 정말 마음에 들지 않는다. 그러나 나도 카즈마의 말에 따라 아무 짓도 하지 않겠다. 이런저런 일이 있긴 했지만, 너는 항상 적절한 충고만 하니까 말이야. 나는 네 말을 무시하고 멋대로 행동하지는 않을 거다."

메구밍의 뒤를 이어 다크니스도 그렇게 말했다.

……왠지 가슴이 아프네.

내가 마왕군 간부와 거래를 했을 뿐만 아니라 상대의 행동을 묵인하고 있다는 걸 알면, 이 두 사람은 어떻게 생각할까?

나를 경멸할까?

두들겨 팰까?

하지만 상대와 서약을 한 건, 나 자신의 안위뿐만 아니라 이 녀석들의 안전을 생각해서다.

특히 아쿠아가 여신이라는 사실이 알려지면 마왕이 가만히 있을 리가 없다.

그렇다. 얽히지 않는 게 가장 좋다.

나는 이 세 사람을 데리고 길드로 향했다.

"세레나 님! 세레나 님!"

"세레나 님, 부디, 부디 저의 소원을 들어주세요!"

"예, 밀지 마세요. 여러분, 차례를 지켜주세요……! 레지나 님은 여러분의 소원을 얼마든지 들어드린답니다. 물론 대가를 요구하지도 않아요. 자, 말해보세요."

"감사합니다, 세레나 님! 실은……."

……길 한편에서는 세레나가 수많은 모험가에게 둘러싸여 있었다.

그 광경은 아이돌이 열렬한 팬에게 둘러싸여 있는 모습을 연상케 했다.

그 모습을 본 아쿠아가 살금살금 내 등 뒤로 숨었다.

아무래도 몇 번이나 말싸움으로 졌기 때문인지 세레나를 거북하게 여기는 것 같았다.

세레나는 나와 시선이 마주치자 고개를 살며시 숙이고 인사를 했다.

바로 그때였다.

"세레나 님~! 죄송한데, 토벌 도중에 이 녀석이 다쳤어요……! 그것도 상당한 중상을 입었어요……! 제발 도와주세요!"

마을 입구 쪽에서 모험가가 나타났다.

두 모험가가 간이 들것으로 모험가를 옮겨왔다.

상당한 중상을 입은 건지, 들것에 누운 모험가는 공허한 시선으로 허공을 쳐다보며 거친 숨을 내쉬고 있었다.

그리고, 들릴락 말락 한 목소리로—.

"……쿠아……, 아쿠아…… 누님……에게……."

그 희미한 목소리는 나뿐만이 아니라 아쿠아에게도 들린 것 같았다.

"나, 여기 있어~! 맡겨만 줘! 그런 상처는 순식간에 완치시켜줄게!"

아쿠아는 저 모험가가 자신에게 의지해준 것이 기쁜지,

희희낙락하면서 그 중상자에게 다가가려—.

—했지만, 이찌된 영문인지 세레나의 추종자들에게 가로막혔다.

"앗, 뭐하는 거야?! 방해하지 마! 갓블로로 너희들 모두 틀니를 하게 만들어버릴 거야! 빨리 저 사람을 치료하지 않으면……."
아쿠아가 불같이 화를 내고 있는 사이, 세레나가 그 중상자의 곁에서 몸을 웅크렸다.
그리고—.
"『힐』! 『힐』! 『힐』!!"
세레나가 몇 번이나 힐을 걸자 중상자의 상처가 아물었다.
이윽고 중상을 입은 중상자의 공허한 눈길에 다시 빛이 되돌아왔다.
"……아, 아아……. 감사합니다, 세레나 님……!"
아까까지만 해도 아쿠아에게 치료를 받고 싶다고 말했던 그 모험가는 눈물을 줄줄 흘렸다.

어떻게 된 거지?

마법으로 상처를 치료받는 건 모험가에게 있어 일상다반

사다.

그리고 보통 상처를 치료받는다고 해서 저렇게 엉엉 울며 치료해준 이를 추종하지는 않는다.

아쿠아는 사망한 모험가를 소생시켜준 적이 있는데도 지금과 같은 대접을 받고 있었다.

모험가들은 아쿠아에게 치료를 받고 고마워하기는 했지만 그들 또한 목숨을 걸고 몬스터와 싸우고 있다.

상처를 치유해주는 것이 프리스트의 임무라면 그들의 임무는 최전선에서 상처를 입으면서 프리스트들의 방패가 되는 것이다.

그 관계는 대등하다 할 수 있다.

프리스트만으로는 몬스터를 퇴치할 수 없고 거꾸로 파티에 프리스트가 있느냐 없느냐에 따라 모험가들의 생존율은 크게 달라진다.

그러니 세레나는 프리스트의 소임을 다했을 뿐이다.

물론 감사의 말을 듣는 게 당연한 일이기는 했다.

하지만…….

바로 그때, 상처가 대충 아문 모험가에게 다가간 아쿠아가 손을 내밀었다.

보아하니 그 모험가의 몸 곳곳에는 아직 상처가 남아 있었다.

세레나의 힘으로는 중상을 입은 저 모험가를 완치시킬 수 없는 것 같았다.

아쿠아가 그 상처를 고쳐주려고 한 바로 그때였다.

찰싹.

아쿠아가 내민 손을 누군가가 쳐냈다.

그것도 중상을 입었던 모험가가 직접 말이다.

"어……."

아쿠아가 깜짝 놀란 반응을 보이자—.

"나는 세레나 님에게 치료받고 싶어. 그러니까 쓸데없는 짓 하지 마."

그 남자는 아쿠아를 향해 딱 잘라 그렇게 말했다.

## 4

풀이 죽은 아쿠아가 고개를 푹 숙인 채 털레털레 걷고 있었다.

그 쓸쓸한 모습을 본 나는 가슴 속이 부글부글 끓기 시작했다.

지금 상황에서 위화감이 느껴졌다.

다크니스와 메구밍은 복잡한 표정을 짓고 세레나와 그녀의 추종자들을 쳐다보고 있었다.

세레나의 얼굴에는 시종일관 미소가 어려 있었다.

왜 약해빠진 녀석들만 있는 풋내기 모험가의 마을 액셀에서 마왕군 간부가 이런 짓을 하는 걸까.

그리고 대체 뭘 꾸미고 있는 걸까.

명백한 악행을 꾸미고 있다면 대처할 방법이 있을지도 모른다.

아니면 평소의 나처럼 그냥 못 본 척하면 된다.

하지만 왠지 가슴 언저리에 응어리가 맺혀 있었다.

답답하다고 할까, 짜증이 난다고 할까…….

세레나를 둘러싼 자들은 마치 조종이라도 당하고 있는 것처럼 불쑥 나타난 프리스트에게 완전히 빠져 있었다.

레지나라는 신은 꼭두각시와 복수를 관장한다고 했다.

……어디까지나 내 예상이지만 혹시 꼭두각시의 힘으로 저들을 조종하고 있는 것일까?

내가 골머리를 썩이고 있을 때 곁에 있던 아쿠아가 쓸쓸한 눈길로 세레나 일행을 부러운 듯 쳐다보고 있었다.

우리가 이 마을에 살게 된 후로 상당한 시간이 흘렀다.

예전에는 트러블메이커라 여겨졌던 아쿠아도 지금은 길드의 마스코트 같은 존재가 되었다.

시간만 나면 길드에 가서 친한 모험가들과 술을 퍼마셨는데, 요즘 들어 그들이 자기를 신경써주지 않아서 쓸쓸한 것 같았다.

……눈만 떴다 하면 문제를 일으키고, 그 뒤치다꺼리를 나한테 떠넘기는 성가신 여신.

내 말은 전혀 듣지 않고, 하지 말라는 짓만 해대는, 떠돌이 예술가 같은 여신.

귀여운 구석도 없고, 신성한 느낌 또한 눈곱만큼도 없는 이름뿐인 여신.

나를 이런 세계로 보내, 고생만 바가지로 하게 만든 여신.

매일같이 나를 짜증나게 하지만, 그래도 이 세계에서 가장 오랫동안 알고 지낸—.

…………아아, 젠장!

평소와 다르게 침울해 하는 아쿠아를 보니 가슴이 답답해!

나는 이 녀석을 여자로 느낀 적이 단 한 번도 없다.

그리고 이 녀석이 따끔한 맛을 보더라도 자업자득이라 여겼으며, 이런 감정을 느끼지도 않았다.

그렇다면 지금 내가 느끼는 이 감정의 정체는 뭘까.

……젠장, 거래 같은 건 무시해버리고 확 이 자리에서 공격을 해버릴까?

하지만 상대는 마왕의 명령으로 이 마을을 조사하러 온 마왕군 간부다.

무사히 돌려보내지 않았다간 내가 본격적으로 마왕군의 표적이 될 것이다.

나는 험하게 생긴 양아치와 시비가 붙기만 해도 겁을 먹는다.

그런 내가, 마왕의 표적이 된다면……!

—바로 그때였다.

내가 갈등에 사로잡혀 있을 때 누군가가 내 어깨를 두드렸다.

"……카즈마. 당신이 어떤 상황 속에서 뭘 그렇게 고민하는 건지 모르겠지만, 그래도 저희 모두를 생각해서 결정을 내린 거죠? 그럼 그걸로 된 거 아닌가요? 당신의 결정은 마지막에 가서 항상 좋은 쪽으로 작용했으니까요."

메구밍이 내 어깨를 두드리며 한 말은 내 가슴속 응어리를 해소시키는 건 고사하고 더욱 부풀렸다.

"……그래. 그 여자와 얽히지 말라는 건, 네가 여러모로 고민한 끝에 내린 결정이겠지. 그렇다면……. 후회만은 남지 않도록, 네가 하고 싶은 대로 해라."

세레나의 정체를 알고 있는 나로서는 다크니스가 교묘하게 부추기는 것처럼 들렸다.

하지만 세레나는 복수의 힘을 지녔다.

그 녀석을 쓰러뜨리면 주위에 저주를 흩뿌린다고 했다. 그래도 아쿠아가 그것을 저지할 수 있지 않을까?

아니다, 단락적으로 생각하지 마라. 돌이킬 수 없는 일이 벌어질지도 모르는 위험한 도박을 벌일 수는 없다.

일단 상대는 인간이니 기습적으로 바인드를 먹인 다음에 꽁꽁 묶어서 던전에 버릴까?

아니, 상대는 마왕군 간부인 데다 다크 프리스트다. 일전에 아쿠아가 했던 것처럼 기습적으로 바인드를 먹여봤자 바로 풀지도 모른다.

크윽, 상의할 상대도 없네!

약속을 깨고 위즈나 바닐과 상의할까?

하지만 세레나가 그걸 알고 이 마을에 저주를 흩뿌린다면……!

—내가 그런 갈등에 사로잡혀 있을 때, 세레나는 미소를 머금고 나에게 다가왔다.

그 모습을 본 아쿠아는 부르르 떨면서 내 등 뒤에 숨었다.

세레나가 추종자들을 데리고 내 옆을 지나가려던 바로 그 때였다.

세레나는 걸음을 멈췄다.

그리고 나에게만 들릴 정도의 작은 목소리로—.

"거래는 기억하고 있겠지? 만약 약속을 깬다면, 네 탓에 재앙이 이 마을을 덮칠 거라고. ……그런데 말이야.”

세레나는 빙긋 웃으며 말을 이었다.

“표정을 보아하니 꽤 괴로워 보이는걸. ……아, 그러고 보니 너한테 돈을 빌리면서 빚을 졌지. ……바닐과 위즈에게 기대지 않고, 누구에게도 내 정체를 털어놓지 않은 채 너 혼자서 나를 훼방 놓는다면…… 이 마을을 인질로 잡지 않고 마왕군 간부로서 당당히 상대해주지. ……하지만, 너는 우리 쪽에 가까운 인간이야. 소인배에 현실적이고 계산을 할 줄 아는 인간이지. 그러니 어리석은 짓은 안 할 거라고 믿겠어.”

세레나는 그렇게 중얼거린 후—.

“이걸로 빚은 갚은 거야.”

……마치 다짐을 받듯 딱 잘라 말하고 미소를 머금으며 내 옆을 지나갔다.

아아, 정말 기분이 더럽네.

나는 정의의 사도도 아니고 나 자신이 가장 중요하다.

그래도 이 마을에는 애착을 가지고 있다.

……아니, 잠깐만 있어봐. 잘 생각해. 단락적으로 행동하지 마.

지금 괜한 짓을 했다간, 경우에 따라선 이 마을 전체가 위기에 처할 수도 있다.

하지만 이미 이 마을은 위기에 처한 거나 다름없지 않을까?

나한테만 정체를 밝힌 점이 가장 악랄했다.

아아, 젠장. 어떻게 하면 좋지……!

왜 나 혼자서 이 마을의 운명을 짊어지고 이렇게 고민을 해야만 하는 거냐고……!

주먹을 말아 쥔 채 내가 꼼짝도 하지 않자 메구밍이 내 오른손에 살며시 자기 손을 올려놓았다.

그리고 나를 지그시 응시했기에 무슨 말이라도 할 줄 알았는데—.

"……왜, 왜 그래?"

"…………."

내가 말을 걸었지만, 메구밍은 아무 말 없이 나를 응시했다.

바로 그때, 왼손에서도 누군가의 감촉이 느껴졌다.

"……너까지 왜 이러는 거야?"

"…………."

고개를 돌려보니 다크니스도 내 왼손에 자기 손을 올려놓았다.

"둘 다 왜 그래? 할 말이 있으면 해보라고."

……이 두 사람과도 꽤 오랫동안 알고 지냈다. 그러니 내가 뭔가를 숨기고 있다는 걸 이미 눈치챘으리라.

어쩌면 내가 말을 못하는 이유가 있다는 점마저 눈치챘을지도 모른다.

……확 일을 벌일까.

그러고 보니 나는 지금까지 수많은 거물들과 싸웠다.

하지만 그때는 피치 못할 사정이 있거나, 혹은 어쩌다 보니 휘말리게 됐을 뿐이다.

그러나 이번만큼은 직접, 그것도 혼자서 마왕군 간부와 싸우려는 것이다.

평소 같으면 동료들이 있고 만일의 경우에도 아쿠아라는 보험이 있었다.

하지만 혼자서 마왕군 간부에게 도전했다가 남들 몰래 살해당하기라도 한다면…….

그런 생각을 하니 다리에서 힘이 빠졌다. 그리고 이런 건 나답지 않은 행동이다.

그래. 최약체 직업인 내가 혼자서 마왕군 간부와 싸워? 한때의 감정 때문에 그렇게 위험한 짓을 벌여도 될까?

그렇다. 잠시만 세레나를 눈감아주면 거금을 쥔 채 예전과 다름없는 생활을 할 수 있다.

—하지만, 딱 하나…….

딱 하나만 더, 내가 자기 안위를 내팽개치게 만드는 계기가 있다면…….

……바로 그때였다.

"……너까지 왜 이래? 할 말 있으면 그냥 해보라고……."

나는 등 뒤에서 내 옷을 꼭 움켜쥔 아쿠아를 향해 그렇게 말했다.

어이, 셋이서 함께 무언의 호소 좀 하지 말…….

"카즈마 씨, 카즈마 씨."

아쿠아는 다른 두 사람과 다르게, 작은 목소리로 그렇게 말했다.

내가 뒤를 돌아보자 언제나 텐션이 하늘을 찌를 것 같던 아쿠아가—.

매사를 깊이 생각하지 않고, 고민과는 전혀 인연이 없던 무드메이커가—.

아까 모험가가 자기 손을 쳐낸 바람에 충격을 받은 것이리라.

의기소침해진 아쿠아는 불안한 눈길로 나를 올려다보더니, 금방이라도 울음을 터뜨릴 것 같은 목소리로 말했다—.

"……저는 이 마을에 필요 없는 여신인가요?"

…………….

"어이, 놔."

나는 내 팔과 옷을 붙잡고 있는 세 사람을 향해 낮은 목소리로 말했다.

"아……."

아쿠아는 풀이 많이 죽은 건지, 퉁명한 목소리로 그렇게 말하는 나에게 평소처럼 불평을 늘어놓지 않고 순순히 내 옷을 놓았다.

그리고 나는 버림받은 강아지 같은 표정을 짓고 있는 아쿠아를 향해 돌아서서 말했다.

"끝내주는 지원 마법을 걸어줘. 근력과 속도를 강화해주는 녀석으로 말이야."

아쿠아는 내 말을 듣고 의아해하면서도 순순히 마법을 걸어줬다.

나는 이미 그 세 사람의 얼굴을 보고 있지 않았다.

내 시선은 멀어져 가고 있는 적의 등을 향하고 있었다.

그래서 세 사람이 어떤 표정을 짓고 있는지도 알 수 없었다.

"어이, 아쿠아."

"……응? 왜?"

나는 멀어져 가는 세레나한테서 눈을 떼지 않고 등 뒤에 있는 아쿠아를 향해 말했다.

"나, 이제 상당한 대미지를 받고 기절할 거니까 치료를 부탁해. 그리고 다크니스는 기절한 나를 경찰서로 연행해. 메구밍은 세레나의 추종자들이 난리를 칠 테니까, 협박…… 달래는 역할을 맡아줘."

"뭐, 뭐? 어이, 카즈마. 대체 무슨 소리를 하는 것이냐?!"

"저기, 카즈마? 뭘 하려는 거죠?!"

나는 세 사람에게 그렇게 말한 뒤 몸을 웅크리며 단거리 육상선수처럼 크라우칭스타트 자세를 취했다.

내 시선은 여유를 부리면서 멀어져 가고 있는 세레나의 등을 향하고 있었다.

"저기, 카즈마 씨. 대체 뭘 하려는 거야? 나, 왠지 불길한 예감이 드는데……."

나는 아쿠아의 말을 들으며—.

"어, 어이, 카즈마! 기다려라! 대체 무슨 짓을 하려는 것이냐……?! 나는 마음대로 해도 된다고 말했지만, 저 수상한 여자는 아직 범죄를 저지르지 않았다! 그러니 허튼 짓을 하지……!"

지원 마법으로 육체를 강화한 나는, 당황한 다크니스가 말을 끝까지 잇기도 전에 세레나를 향해 뛰어갔다.

"카, 카즈마! 뭘 하려는 건지는 모르겠지만, 정말 멋져요!

홍마족의 심금을 울리네요!!"

내 이름은 사토 카즈마.

진정한 남녀평등이라는 미명 하에, 여자의 안면에 드롭킥을 날릴 수 있는 남자.

"메구밍, 부추기지 마라! 카즈마, 저기, 멈……!"

나는 동료들의 목소리를 뒤로하고 있는 힘껏 도움닫기를 한 후 그대로 몸을 날리면서…….

"오늘은 너나 나나 같이 잠이나 자자고! 그리고 내일부터 본격적으로 훼방을 놔주마!"

나는 깜짝 놀라며 뒤를 돌아본 세레나의 얼굴에 그대로 드롭킥을 꽂았다.

# 제2장 이 백수에게도 천벌을!

## 1

어둑어둑한 방 안.

"……내가 계속 온화하게 대해줄 거라고 생각하지 마라. 다시 한 번 묻겠다. ……사토 씨. 당신은 일전에 아무 죄도 없는 프리스트에게 드롭킥을 날린 걸 인정하는 거지?"

"예."

내가 또 솔직하게 대답하자, 눈앞의 관자놀이가 꿈틀거리고 있는 갈색 머리카락 여기사가 고개를 끄덕였다.

"……좋아. 그럼 당신은 지나가던 프리스트의 뒤통수가 너무 신경 쓰인 나머지, 충동적으로 드롭킥을 날리고 싶어졌다. 하지만 그 기척을 눈치챈 프리스트가 뒤를 돌아본 탓에, 너는 그녀의 안면에 드롭킥을 날리고 말았다. 즉, 묻지마 범죄를 벌인 거야. 맞나?"

"예."

우직, 하는 소리가 들리더니 여기사가 쥔 펜이 부러졌다.

"…………그 프리스트는 저번에 더스티네스 경이 나에게

신변 조사를 부탁한 상대다. 하지만 그것과 이 일은 전혀 상관이 없는 거지?"

"어, 없을 거라고……. 생각해요…………."

여기사는 부러진 펜을 내던져 버렸다.

그리고 주먹으로 눈앞의 책상을 내려치더니—.

"이 자식, 나를 무능한 바보라고 생각하는 거냐! 그 프리스트에 대해서는 우리도 조사하고 있다! 그런데 그런 변명이 통할 것 같으냐!"

"그, 그만해! 이건 폭력을 통한 위법적인 취조야! 돈이라면 얼마든지 있어! 변호사! 변호사를 불러줘!"

여기사는 책상 너머에 있는 내 멱살을 움켜잡으려 했다.

나는 그녀의 손아귀에서 벗어나려 했지만 내 양손에는 수갑이 채워져 있었다.

그리고 그 수갑에 연결된 쇠사슬 때문에 도망치지 못한 나는, 결국 여기사에게 멱살을 잡히고 말았다.

"사토 씨, 나도 액셀의 기사 나부랭이다! 이 경찰서를 맡고 있는 자란 말이다! 최근 들어 이 마을의 분위기가 이상해지고 있다는 것은 나도 알고 있지! 당신은 뭔가를 알고 있는 거지?! 몇 번이나 이 마을을 지킨 당신의 공적을 생각해볼 때, 분명 뭔가 알고 있는 게 틀림없다! 자, 말해라! 대체 뭘 숨기고 있는 거냐! 그리고 이 마을에서 대체 무슨 일이 벌어지고 있는 거냔 말이다!"

"나, 나는 아무것도 몰라! 이, 이러지 마! 너, 다크니스의 가문보다 격이 떨어지는 가문 출신의 기사지?! 확 일러바친다?! 취조 도중에 너한테 차마 말로 설명할 수 없는 성희롱을 당했다고 다크니스에게 일러바칠 거라고!"

"어, 어이, 날조하지 마라! 그리고 더스티네스 경은 공정하기로 유명한 분이시다. 당신이 더스티네스 경과 같은 파티라는 건 알고 있지만, 그 분이 그런 말을 듣는다고 부당하게 권력을 휘두르실 리가 없지. 아쉽게 됐구나! 기다리고 있어라! 지금 거짓말을 감지하는 마도구를 가지고 오마!"

여기사는 당당한 어조로 그렇게 말하더니 나를 제압하고 의기양양한 미소를 지었다.

부, 분하다!

"시, 실례하겠습니다!"

바로 그때, 문밖에서 목소리가 들렸다.

여기사는 나한테서 시선을 떼지 않고 입을 열었다.

"무슨 일이지? 나는 바쁘다. 아까부터 말도 안 되는 소리를 늘어놓는 이 남자를……!"

"저기……. 더스티네스 경께서 찾아오셨습니다만……."

"뭐?!"

문 밖의 상대는 머뭇거리며 그렇게 말했고 여기사는 깜짝 놀라서 내 멱살을 놨다.

—이곳은 경찰서 안에 있는 취조실이다.

많은 이들이 보는 앞에서 세레나의 안면에 발차기를 날렸던 내가 정신을 차려보니 이곳에 구류되어 있었다.

세레나에게 가한 공격은 역시 전부 나에게 되돌아오는 것 같았다.

드롭킥을 날린 순간, 나는 강렬한 고통을 느끼며 기절했다. 하지만 아쿠아가 치료를 해준 건지 지금은 고통도 느껴지지 않고 상처도 없었다.

그리고 현재…….

아까부터 경찰서장이라는 여기사가 직접 나를 취조하고 있는데—.

“더스티네스 경께서 무슨 일로 오신 거지? 뭔가를 숨기고 있는 이 남자의 사정 청취가 끝나는 대로 얼굴을 비추지. 사토 씨는 상당한 공적을 세운 모험가다. 유치장 안에서의 단기 구류 조치만으로 풀려나게 될 거야. 더스티네스 경에게는 나중에 따로 자초지종을 보고 드리겠다고 전해라.”

여기사는 취조실의 문을 쳐다보지도 않고 그렇게 말했다.

큰일이네…….

나는 세레나에 관한 것을 털어놓을 수 없다.

특히 고지식해 보이는 이 여기사와 다크니스에게는 절대 사실대로 말할 수 없다.

다크니스에게 이곳에서 빼내달라고 부탁할 생각이었지만

그 녀석은 부정행위를 질색한다.

자초지종을 이야기하지 않는 한 납득하지 않을 거야…….

—내가 그런 생각을 하고 있을 때, 보고를 하러 온 남자가 난처한 표정을 지었다.

"그, 그게……."

"……왜 그러지?"

남자의 반응을 느낀 여기사가 의아해 하면서 문 쪽을 돌아보니 그곳에는—.

"아, 나다. 허락도 받지 않고 들어와서 미안하다."

문이 활짝 열리더니 보고를 하러 온 남자의 뒤편에 서 있는 다크니스의 모습이 눈에 들어왔다.

그 남자가 인사를 하고 자리를 비킨 가운데, 여기사는 다크니스를 보자마자 경례를 했다.

나는 그 틈에 고함을 질렀다.

"라라티나 님~!"

"이, 이 자식, 나를 라라티나라고 부르지 마라! ……실례했군. 으음, 어떻게 됐지? 이 남자가 실토를 했나?"

내 말을 듣고 약간 당황한 다크니스가 여기사에게 질문을 던졌다.

여기사는 차렷 자세를 한 채 대답했다.

"그, 그게 말입니다! 이 남자가 뭔가를 알고 있는 건 틀림없습니다만, 돈이 필요해서 그랬다, 짜증이 나서 충동적으로 그랬다, 이미 반성했다 등, 물어볼 때마다 동기와 변명이 바뀌고 있습니다……. 미주알고주알 전부 털어놓게 만들 테니, 잠시만 기다려주십시오!"

이 고지식한 여기사가 그렇게 대답하자 다크니스는 나를 똑바로 응시하고 입을 열었다.

"……카즈마. 그 여자의 비밀은 나와 메구밍, 아쿠아에게도 말할 수 없는 것이냐?"

나는 아무 말 없이 고개를 끄덕였다.

그러자 다크니스는 잠시 동안 침묵에 잠겼다.

"……남에게 말하면 문제가 발생하는 것이냐? 이번 일은 네가 혼자서 해결하겠다는 것이냐? ……대답을 할 수 없다면, 입을 다물고 있어도 된다."

"…………."

나는 아무 말 없이 다크니스의 눈을 지그시 쳐다보았다.

그러자 내 시선을 피한 다크니스는 여기사 쪽을 힐끔 쳐다보더니 멋쩍은 듯 볼을 긁적였다.

그리고 여기사에게 미안하다는 말투로—.

"저기……. 이번은 내 얼굴을 봐서 이 남자를 풀어주면 안 되겠느냐? 지금까지 이 남자가 세운 공적을 고려해서 말이다. 이번 일은 모험가들끼리의 다툼으로 처리해줬으면 하는데……."

"예? ……으음, 저기……. 더스티네스 경, 진심이십니까? 상대방이 피해 신고서를 제출하지 않았으니 그래도 됩니다만……. 그래도 그런 식으로 권력을 쓰는 것을 질색하던 당신께서……?"

여기사는 놀랐는지 당황한 반응을 보이며 나와 다크니스를 번갈아 쳐다보았다.

이윽고, 경악에 찬 표정을 지은 여기사가 내 손에 채워진 수갑의 열쇠를 다크니스에게 건네줬다.

아마 나도 저 여기사와 똑같은 표정으로 다크니스를 쳐다보고 있을 것이다.

영주에게 자신의 몸을 팔아야 할 상황에 처했을 때도 권력에 의지하지 않았으면서, 지금은 이런 식으로 권력을 쓰고 있는 것이다. 이 녀석도 정말 변했는걸…….

다크니스는 나와 여기사의 시선을 개의치 않고 말을 이었다.

"카즈마, 아무 말도 하지 마라. 뒷일은 너에게 맡기마. 하지만 뒤처리 정도는 나에게 맡겨다오. ……저기, 이럴 때만이라도 나한테 의지해라."

"더스티네스 님~!"

"어, 이 자식, 들러붙지 마라! 네가 버둥대니 수갑을 풀 수가 없지 않느냐!"

그렇게 고지식하던 다크니스가―.

규율이나 인간으로서의 의무 같은 소리나 하던 다크니스

가 이렇게 변했다.

확실히 요즘 들어서는 사고방식이 꽤 유연해졌다.

하지만 자신의 뜻을 굽히면서까지 다크니스가 나를 믿고 도와준 것이 너무 기뻐서 그녀를 꼭 끌어안았다. 그러자 나를 떼어내는 것을 포기한 다크니스가 난처한 표정을 지은 채 내 수갑을 풀어줬다.

그런 우리를 본 여기사는 망연자실한 표정을 짓고 다크니스에게 말했다.

“저, 저기……. 더스티네스 경께서는 사토 씨와 평범한 파티 멤버 사이가, 아니었던, 겁……니까……?”

여기사는 대답을 듣는 것을 두려워하듯 머뭇거리면서 물었다.

다크니스는 볼을 약간 붉히더니 무표정을 가장하고 내 손의 수갑을 풀었다.

“……평범한 파티 멤버 사이다. ……카즈마, 내 말 맞지?”

“……뭐, 일단은 그래.”

다크니스는 내 대답을 듣고 안도한 듯했지만 그녀의 얼굴에는 약간의 쓸쓸함이 어려 있었다.

여기사는 그 모습을 보고 약간 안도한 것처럼 한숨을 내쉬었다.

“그, 그렇겠죠……. 더스티네스 경은 늠름하고 자기 자신에게 엄격하시죠. 그래서 저 같은 독신 기사에게 있어 동경의 대상이십니다. 그런 분이 저런 악명 높은 남자와…… 그것도, 평민 남자와 그렇고 그런 사이일 리가 없죠……. 그렇군요. 파티 멤버……."

…………

"그래요. 어디까지나 평범한 파티 멤버 사이예요. 함께 목욕을 한 적도 있고, 좁은 공간에 같이 갇혀서 몸을 밀착시킨 적도 있는 데다, 화장실에서 속옷을 벗겨주려고 한 적도 있죠. 그리고…… 아, 맞다. 다크니스의 집에 쳐들어가서 그녀를 덮친 적도 있고, 거꾸로 다크니스가 저를 덮친 적도 있네요. 참, 다크니스가 저한테 수면제를 탄 술을 먹이려고 한 적도 있군요. 예, 저희는 그런 사이에 불과해요."

"윽?!"

"아아아, 아냐~?! 아니다, 그, 그렇지 않……!"

여기사는 아연실색한 표정을 지은 채 그대로 굳어버렸고 다크니스는 허둥대기 시작했다.

"두두두두, 두 분은……?! 저기, 그러니까, 그래요! 동료끼리 가볍게 장난을 친 거라고 할까, 시시덕거린 거군요! 더스티네스 경, 제 말 맞죠?!"

"그그그, 그, 그래! 맞다! 그렇게 된……!"

여기사는 필사적으로 그렇게 말했고 다크니스 또한 허둥대며 변명을 늘어놓았다.

그런 두 사람을 본 나는 수갑이 채워졌던 부분을 쓰다듬으면서 말했다.

"입술도 뺏겼지."

""윽?!""

얼굴이 새빨개진 여기사가 멀뚱히 선 채 입만 뻐끔거리는 가운데…….

귀까지 빨개진 다크니스는 내 등에 얼굴을 묻더니 그대로 무너지듯 주저앉았다.

—경찰서에서 무사히 풀려난 나는 다크니스의 푸념을 들어야했다.

"……하아. 너란 녀석은 정말……! 대체 이 일을 어쩌냔 말이다. 이제 다른 귀족과 기사들에게 소문이 파다하게 퍼질 거다. 앞으로는 네가 경찰에게 잡혀도 구하러 가지 않을 거다. …………아니, 이제 저 경찰서에는 절대 못 간다!"

"하지만 거짓말은 한 마디도 하지 않았는데요."

내가 그렇게 말하자 여전히 얼굴이 새빨간 다크니스가 나를 노려보았다.

난처한 표정을 지으며 안절부절못하고 있기는 해도 화가 난 것 같지는 않았다.

다크니스의 기분이 생각보다 나쁘지 않다고 판단한 나는 그녀에게 이런 말을 건넸다.

"어이, 다크니스. 부탁이 있어—."

## 2

“자, 부끄러워하지 마시고 이야기해주세요. 그 어떤 고민이라도 사양하지 말고……. ……어머, 카즈마 님. 어서 오세요.”

“여어, 세레나. 존댓말을 쓰며 서먹하게 굴지 말라고. 편하게 반말을 써.”

모험가 길드 한편에서는 세레나가 고민을 가지고 있는 모험가에게 도움의 손길을 내밀고 있었다.

그 모습을 본 나는, 환한 미소를 짓고 있는 세레나를 향해 마찬가지로 환한 미소를 지으며 말을 건넸다.

다크니스에게는 아쿠아, 메구밍과 함께 한동안 집밖으로 나오지 말라는 부탁을 해뒀다.

그리고 아쿠아의 결계로 저택을 철저하게 감싸라고도 말해뒀다.

또한, 내가 한동안 돌아가지 않을 거라는 말도 해뒀다.

한편, 세레나는 나에게 공격을 당한 적이 없는 것처럼 나를 환대했다.

나 또한 아무 일도 없었다는 듯 그녀를 향해 미소를 짓고—.

“여전히 방황하고 있는 모험가들의 상담 상대가 되어주고 있구나. 매일 고생이 많네. 내가 도와줄까?”

"아뇨. 바쁘신 카즈마 님께 폐를 끼칠 수야 없죠. 카즈마 님께서는 그 위대한 힘으로 몬스터 퇴치를 하러 가시는 게 더 좋지 않을까요?"

우리는 자연스럽게 잡담을 나누고 있을 뿐이지만 어찌된 영문인지 세레나의 추종자들이 겁먹은 표정을 지었다.

그들 중 대부분은 일전에 내가 세레나에게 드롭킥을 날릴 때 그 자리에 있었다.

그들의 눈에는 그런 일이 있었는데도 자연스럽게 이야기를 나누고 있는 우리가 기이하게 보이는 것이리라.

내가 정중하게 거절을 당했는데도 추종자들 옆의 빈자리에 앉자, 세레나는 약간 난처한 표정을 지으면서 나를 힐끔힐끔 쳐다보았다.

하지만 세레나는 곧 마음을 다잡더니—.

"……실례했어요. 그럼 당신의 고민을 이야기해주시겠어요?"

나와 세레나를 옆에서 지켜보며 조용히 기다리고 있던 모험가를 향해 환한 미소를 지었다.

그 모험가는 잠시 동안 망설인 후—.

"저기……. 저는 이성에게 몇 번이나 고백을 했지만, 잘 된 적이 없어요. 이성과 좀 친해졌다 싶으면 다들 「당신은 정말 좋은 사람이야」라고 말해요. 하지만 제가 사귀자는 말을 하면 모두 완곡하게 거절하더라고요……."

흔한 이야기다.

내가 흥미 없다는 듯 테이블의 나이테를 세고 있자, 세레나는 내 행동을 신경 쓰면서도 고민에 잠긴 모험가를 향해 미소를 지었다.

"좋은 사람이라는 말은 최고의 칭찬이죠. 멋진 사람은 나이를 먹으면 그 매력이 쇠할 거랍니다. 하지만 좋은 사람인 당신의 매력은 나이를 먹어도 절대 빛바래지 않죠. ……앞으로도 계속 좋은 사람이 되어 주세요. 저는 많은 이들로부터 좋은 사람이라는 말을 듣는 당신이 정말 매력적이라고 생각한답니다. 고민에 잠기거나 의기소침해지기에는 아직 일러요. 당신을 좋아한다고 말해줄 분이 분명 나타날 테니까요……."

세레나는 온화한 미소를 짓고 무난한 조언을 했다.

이런 고민에는 사신의 힘을 사용하지 않는 것 같았다.

표정이 어두웠던 모험가는 상담을 받은 덕분에 표정이 아주 약간 밝아진 것 같았다.

"예……! 저기, 매번 거절만 당하다 보니 좀 의기소침해진 것 같아요……. 그래도 덕분에 기운이 났네요! 세레나 님, 감사합……."

"그렇게 저 녀석이 매력적이라면, 세레나가 저 녀석과 사귀면 되겠네."

모험가가 고맙다는 말을 입에 담으려던 순간…….

내가 입에 담은 무책임한 말 때문에 세레나와 그녀의 추종자들은 그대로 굳어버렸다.

방금 고민을 털어놓았던 모험가가 나를 천천히 쳐다보았다.

그런 생각은 꿈에도 못한 그자의 얼굴에는 약간의 불안이 어려 있었다.

나는 그의 등을 살며시 밀어주기로 했다.

나도 때로는 남을 돕고 싶거든.

그렇다. 나는 쓰레기나 인간 말종이라 불리지만 그래도 곤경에 처한 사람이 눈앞에 있다면……!

"세레나는 네가 매력적이라고 말했어. 저렇게 상대방이 적극적으로 어필을 하는데, 너도 용기를 내야 할 거 아니냐고! 네가 지금까지 계속 차인 건 바로 지금 세레나와 맺어지기 위해서였던 거야!"

"저, 정말이야?! 조, 좋아……. 세레나 님!"

"다, 당신은 좋은 사람이지만, 그건 좀……."

모험가가 아직 고백을 하지 않았는데도 세레나는 그런 소리를 했고, 그는 그대로 울음을 터뜨리며 도망치듯 이 자리를 벗어나려 했다.

하지만 나는 그런 모험가의 손을 재빨리 움켜쥐었다.

"포기하면 어떻게 해! 상대방의 말을 곧이곧대로 받아들이지 마! 여자란 어려운 존재라고! 상대가 한 말 안에 담긴 뜻을 제대로 파악하는 거야! 너는 츤데레라는 말도 모르는 거냐?!"

"……츤……데레……?"

"저, 저기……."

내가 모험가를 설득하려 하자 세레나가 불안한 목소리로 그렇게 말하며 우리를 쳐다보았다. 그런 그녀의 얼굴에서는 땀 한 방울이 흘러내리고 있었다.

"입으로는 싫다고 떠들지만 속으로는 좋아 죽으려고 하는 애를 말하는 거야. 그런 유명한 말도 모르는 거냐?"

"그, 그 말, 들어본 적 있는 것 같아! 그래, 말 안에 담긴 뜻을……!"

"저, 저기……!"

내가 계속 부추기자 그 모험가는 세레나의 손을 꼭 움켜 잡았다.

"세레나 님! 저, 저는……!"

"잠깐만요. 저, 저기, 진정……! 아앗, 이 자식……, 카, 카즈마 님……!"

등 뒤에서 들려오는 세레나의 목소리를 들으며—.

나는 내일부터 시작될 방해 활동의 거점을 찾기 위해 그 자리에서 벗어났다.

## 3

내가 경찰서에서 풀려나고 며칠이 지났다.

어느 음식점에서 나온 세레나, 그리고 몇 명의 추종자는 주위를 경계하듯 고개를 두리번거리고 있었다.

아마 최근 며칠 동안 몇 번이나 괴롭힘을 당한 탓에 저렇게 경계하고 있는 것이리라.

지금은 추종자라기보다 완전히 신자가 된 모험가 중 한 명이 세레나에게 말을 건넸다.

독순술 스킬로 입술의 움직임을 읽어보니 「걱정하지 마십시오, 세레나 님. 주위에는 아무도 없습니다」 같은 소리를 하고 있었다.

그런 세레나와 추종자의 모습을—.

"바람, 오케이. 거리, 오케이. 각도, 오케이."

나는 한참 떨어진 곳에 있는 건물 옥상에서 지켜보고 있었다.

현재 나는 활에 화살을 건 후 천리안 스킬로 그들을 쳐다보고 있었다.

이만큼 떨어져 있다면 이쪽에서는 상대방을 확인할 수 있지만 저쪽에서는 나를 인식할 수 없으리라.

물론 세레나 본인은 누구에게 공격을 당했는지 눈치채겠지만 말이다.

이 상황에서 내가 세레나의 머리에 화살을 날린다면 나도 같이 죽고 말 것이다.

아니, 그 녀석의 협박이 진실이라면 이 인근의 주민들이 저주에 걸리고 만다.

한참 떨어진 곳에 서 있는 세레나는 방금 나온 가게에서 산 것으로 보이는 컵을 쥐고 있었다.

내용물이 무엇인지는 모르겠지만 차가운 주스 아니면 커피일 것이다.

……마침 잘됐군.

화살촉을 무디게 만들어서 만에 하나 세레나가 맞더라도 목숨에 지장이 없게 했다.

이제부터 내가 하려는 건 암살이 아니다.

그렇다. 내가 노리는 건 바로—.

"저격!"

바람을 가르는 소리가 들리더니 활에 건 화살이 발사됐다.

그 화살이 향한 곳은……!

"으윽! 아뜨뜨뜨뜨뜨! 뜨거운 커피를 마시지 말라고!"

나는 손에서 느껴진 열기를 견디다 못해 바닥을 굴러다녔다.

천리안으로 세레나를 보니, 손에 쥔 컵이 화살에 꿰뚫린 바람에 쏟아져 나온 뜨거운 커피에 화상을 입은 건지 손을 흔들어대고 있었다.

……젠장, 이 방법도 안 통하는 거냐.

나는 마음을 다잡고 몸을 일으킨 후 세레나를 계속 관찰했다.

—며칠 동안 세레나를 괴롭히며 파악한 것이 있다.

우선, 간접적인 공격의 대미지 또한 가한 상대에게 되돌아온다는 것이다.

세레나를 직접적으로 공격하는 게 아니라, 방금처럼 커피를 쏟게 해서 화상을 입혔을 때도 대미지가 되돌아왔다.

간접적인 공격이 통한다면, 위즈의 가게에서 충격을 받았을 때 폭발하는 포션이라도 사서 써먹을 생각이었는데…….

세레나는 자신의 손을 치료하면서 계속 주위를 두리번거렸다.

들키지 않을 거라고 생각하지만 혹시 모르니 잠복 스킬을 쓰면서 다른 장소로 이동하도록 할까…….

—그리고 세레나의 힘에 대해서도 알아낸 것이 있다.

"저, 저기, 카즈마 씨……? 도, 도와줬으면 하는 일이 있다는 말을 듣고 따라온 거기는 한데, 이건 범죄 아닌가요……?"

바로 모험가들이 돌변한 것에는 세레나의 힘이 관여하고 있다는 점이다.

그리고 세레나를 『세레나 님』이라 부르며 따르는 이들에게도 차이가 존재했다.

하지만 딱 하나 공통되는 점이 있다. 그것은 바로 세레나의 신자가 된 녀석들은 하나같이 그녀와 깊이 연관됐던 자들이다.

"뭐, 이 행위 자체는 칭찬받을 일이 아니기는 해. ……그래도 부탁할게, 융융. 이 일은 메구밍이나 다른 애들에게 알릴 수 없어. 믿을 사람은 융융뿐이야."

"할게요. 무조건 할게요. 도와드릴게요. 저희는 친구 사이잖아요. 맡겨만 주세요. 얼마든지 저한테 의지해 주세요."

남이 자신에게 의지해주는 게 기쁜 건지, 융융은 주먹을 힘차게 말아 쥐며 그렇게 말했다.

지금은 한밤중이다.

내가 무리한 부탁을 했는데도 일전에 길드에서 세레나에게 상담을 받았던 융융은 이렇게 나를 도와주고 있었다.

다른 모험가들처럼 세레나에게 상담을 받았는데 융융만은 멀쩡했다.

꼭두각시의 사신마저도 융융을 질색하는 게 아니라면 세레나와 연관이 됐던 그녀가 이렇게 멀쩡한 건 어째서일까.

나와 융융은 세레나가 머물고 있는 창문이 하나도 없는

튼튼한 창고 앞에 있었다.

요즘 들어 누군가에게 공격을 받고 있는 세레나를 위해 그녀의 추종자들이 이렇게 창문이 없는 창고를 준비한 것이다.

융융을 데리고 이 창고 앞에 온 나는 준비를 시작했다.

내가 몰래 신호를 보내자 융융은 고개를 끄덕이면서 조그마한 목소리로 마법을 영창했다.

그것은 홍마족이 애용하는, 빛을 굴절시키는 마법이다.

그렇다. 모습을 감춰주는 마법이었다.

융융은 그 마법을 나에게 걸어준 후 작은 목소리로 말했다.

"카즈마 씨, 이러면 되나요? 그리고 문 근처의 소리를 지워주는 사일런트 마법을 걸어달라고 했죠? 그러고 보니 요즘 들어 마을 안의 분위기가 좀 이상한테, 혹시 카즈마 씨가 하려는 일과 연관이 있나요?"

"맞아. 이건 범죄 같아 보이는 짓이지만, 이 마을을 남들 몰래 지키기 위한 정의로운 행위니까 마음 푹 놔. 아, 그리고 오늘 있었던 일은 아무한테도 말하지 마."

"………………예."

"앗……!"

내가 비밀로 해달라고 말하자, 융융은 이런 이야기를 나눌 만한 상대가 거의 없는지 울상을 짓고 고개를 푹 숙였다.

나는 그런 외톨이 소녀를 위로하면서 마법을 쓸 준비를 했다.

오늘 밤의 작업에는 아마 대량의 마력이 필요할 것이다.

나는 위즈의 가게에서 미리 사뒀던 마나타이트라는 돌을 준비했다.

이 돌은 크고 순도가 높을수록 가격과 담겨 있는 마력이 천정부지로 치솟는데 이번에 준비한 것은 중급 수준의 돌 몇 개였다.

이 시간대면 꽤 쌀쌀하다.

그러니 아침까지 녹지는 않을 것이다.

나는 창고 앞에서 오른손을 내밀고—!

—나는 잠시 눈을 붙인 후 예의 그 창고 앞을 지나갔다.

그러자—.

"윽! 으윽! 으으윽!"

뭔가를 참는 듯한 절박한 목소리와 함께, 문을 두드리는 소리가 안에서 희미하게 새어나왔다.

"세레나 님, 이 두꺼운 얼음을 어떻게든 해보겠습니다! 그러니 잠시만 더 참아주세요!"

"으으, 이래서 내가 이딴 창고가 아니라 경비가 철저한 여관에 모시자고 했던 거야! 그런 곳에는 화장실도 딸려 있는데!"

"돈이 없으니 어쩔 수 없잖아! 세레나 님, 잠시만 더 참으십시오! 어이, 불꽃 계열 마법을 쓸 수 있는 모험가나 데운 물은 아직도 준비가 안 된 거냐! 확 해머 같은 걸로 부수는 건 어때?!"

"해머로는 무리야! 물까지 뿌려가며 문을 꽁꽁 얼려서 부술 수도 없어! 속이 배배 꼬인 녀석의 짓이 분명해! 으으, 어쩌면 좋지……?!"

하지만 세레나의 목적은 아직도 알 수 없다.

풋내기 모험가 밖에 없는 마을에서 자신의 꼭두각시로 만든 신자를 늘리는 게 무슨 의미가 있는 걸까.

나는 융융에게 모습을 보이지 않게 만들어달라고 부탁한 후, 밤새도록 크리에이트 워터와 프리즈로 이 창고의 문을 얼렸다.

세레나의 목적과 앞으로 어떻게 할지에 대해 생각해본 나는 노점에서 사온 빙수를 먹으면서 창고 문의 얼음이 녹는 광경을 지켜보았다.

—그 후로 며칠이 더 지났다.

다크니스와 연락을 취해보니 집에서 나오지 못하는 메구밍이 마을의 상공을 향해 매일 같이 폭렬마법을 쏴대는 것과, 아쿠아가 집밖으로 나가고 싶다며 어리광을 부리는 것 말고는 별다른 문제가 없는 것 같았다.

인내심이 바닥난 세레나가 저택에 있는 내 동료들을 공격할까 걱정했지만 아직 인내심이 바닥나지 않은 것 같았다.

나는 묵묵히 다음 작전을 준비하면서 생각했다.

요즘 들어 세레나는 눈에 띄게 약해졌다.

얼마 전, 그녀에 대한 나쁜 소문을 퍼트린 것이 꽤 먹힌 것 같았다.

"이…… 이이, 이런 곳에 계셨군요, 카즈마 님……! 어어어, 엄청, 차, 찾아다녔다고……, 차차, 찾아다녔답니다."

내가 작업을 하고 있을 때 등 뒤에서 들려온 것은 어마어마한 분노가 어린 목소리였다.

반말과 존댓말이 뒤섞인 수상한 목소리가 들리자 나는 태연자약하게 뒤를 돌아보았다.

"아, 세레나. 오랜만이야. 그런데 왜 그렇게 무시무시한 표정을 짓고 있는 거야? 네 추종자들도 겁먹은 것 같네."

내가 거점으로 삼고 있는 여관의 뒤뜰.

평소 이곳에서는 마구간에서 지내는 모험가들이 검술 연습을 하거나 갑옷을 손질하지만, 오늘은 손님이 없는지 나 혼자서 이곳을 독차지하고 있었다.

나는 친근감이 어린 어조로 인사를 건넸고 세레나는 입가를 부들부들 떨면서도 억지로 미소를 지었다.

"예. 정말 오랜만이군요, 카즈마 님. ……그런데, 뭘 하고 계신 거죠?"

세레나는 뒤뜰에서 내가 만지작거리고 있는 물건을 보더니 미심쩍은 표정을 지으며 물었다.

"이게 뭔지 몰라? 위즈 마도구점에서 취급하는 풍선이라는 거야. 이건 물풍선이라고 하는 건데, 물을 넣어서 부풀리는 아이템이지. 그리고 나는 지금 물 대신 물건 붙이는 데 쓰는 풀과 도료를 섞은 다음, 그걸 풍선 안에 흘려 넣고……."

"어이, 관두라고……! ……그걸 어디에 쓰려는 건지는 모르겠습니다만, 만약 악용하실 거라면 저한테도 생각이 있답니다."

세레나는 그렇게 말하면서 뒷걸음질을 쳤다.

그와 동시에 뒤편에 시립해있던 추종자들이 앞으로 나섰다.

"……어이, 이게 무슨 짓거리야?"

"뭐가 말이죠? ……까놓고 말해, 이제 거의 한계라고. 이 녀석들은 거의 완전히 내 꼭두각시가 됐거든. 이 녀석들은 내가 시키는 거면 뭐든 다 해. 너를 죽이라고 명령하면 주저 없이 죽일걸? ……나도 너를 얕봤어. 완전 얕봤다고. 혼자서 이딴 짓을 벌일 줄은 몰랐거든. 대단해……! 정말 대단하다고, 이 자식아!!"

큰일 났다. 이 근처에는 우리밖에 없었다.

세레나는 미소를 짓고 있지만 그녀의 눈은 전혀 웃고 있지 않았다.

아차, 좀 심했나?

하지만—.

"야, 네가 혼자서 훼방을 놓을 수 있으면 얼마든지 해보라고 나를 도발했잖아. 당당히 상대해주겠다고 자기 입으로 지껄여놓고, 간부나 되는 사람이 최약체 직업인 나한테 자기 패거리를 동원해가며 반격하는 건 너무 약은……."

"시끄러워어어어어어어어어어어어어~!!"

세레나는 절규를 질러서 내 항의를 막았다.

아무래도 큰일 난 것 같다.

"이이이이, 이 자식……! 감히 나에 대해 그런 어이없고 황당무계한 소문을 퍼뜨려?!"

세레나는 핏발선 눈으로 나를 쳐다보았다.

"어, 어이, 잠깐만 있어봐! 나는 약속대로 네 비밀은 말하지 않았어! 나 같은 양아치 모험가가 돈을 흩뿌려서 무슨 소문을 퍼트리든, 딱히 신경 쓸 필요가 없……."

"어떻게 신경을 안 쓰냐아아아앗! 이 자식, 하필이면, 내가 남자?! 남자라고? 실은 남자 같은 거친 말투를 쓴다는 진실을 섞은 소문을 퍼뜨려……?! 빌어먹을, 별의 별 녀석이 나를 찾아와서 그게 진짜인지 물어봤다고! 그 중에는 남자라 차라리 잘됐다고 떠벌리는 남색가도 있었단 말이다……! 이 마을은 대체 어떻게 되어먹은 거야?! 이 자식…… 확 죽여 버리겠어!!"

세레나는 마법을 영창하려는 건지 핏발 선 눈으로 나를 노려보며 팔을 치켜들더니……!

바로 그때, 길을 가던 아저씨를 발견한 나는 고함을 질렀다.

"야! 길 가던 아저씨가 보고 있다고!"

"으윽……! 아, 안녕하세요. 날씨가 참 좋네요."

"아, 세레나 양. 안녕하세요. 날씨가 참 좋군요!"

역시 성녀 세레나 님이다.

아무래도 저 아저씨와도 면식이 있는 것 같았다.

세레나는 가볍게 담소를 나누기 시작했고 추종자들은 완전히 꼭두각시가 되어버린 건지 다들 공허한 눈빛을 머금은 채 멍하니 서 있었다.

큰일인걸. 마왕군 간부가 제대로 뚜껑이 열린 것 같잖아.

모략 담당이라니까 심리전을 벌이게 될 줄 알았는데, 이렇게 마을 한복판에서 실력행사를 할 줄은 몰랐다. 어떻게 하지.

나 혼자서 세레나, 그리고 그녀의 꼭두각시가 된 추종자들과 싸운다?

무리다. 아마 순식간에 살해당하고 말 것이다.

세레나와 아저씨의 대화가 얼추 끝난 건지 그 아저씨는 가던 길을 계속 가려 했다.

"그럼 당신이 오늘 하루를 무사히 보내기를 기도하며, 축복의 마법을……."

"아, 감사합니다."

경찰서로 도망칠까?

하지만 내가 도주 스킬을 지녔다고 해도 세레나가 추종자들을 지원 마법으로 강화해주면 바로 따라잡힐 것이다.

세레나는 가슴 앞에 모은 두 손으로 깍지를 끼더니, 기도를 드리는 포즈를 취했다.

……기회다!

"그럼 당신의 오늘 하루에 평온과 행운이 찾아오기를 빌며, 축복을—."

"『윈드 브레스』!!!!!"

세레나가 통행인에게 마법을 걸어주려던 바로 그때였다.

나는 마치 세레나의 치마를 들치려는 것처럼 손을 아래쪽에서 위쪽으로 힘차게 들어 올리면서 바람 마법을 발동시켰다.

바람이 지면에서 하늘을 향해 휘몰아쳤고 양손을 가슴 앞으로 모은 세레나가 걸치고 있던 로브가 머리까지 들쳐졌다.

평소 청초한 느낌의 롱스커트를 입고 다닌다는 점이 나쁘게 작용한 것이다.

들쳐진 로브가 세레나의 머리까지 감싼 것을 확인한 나는 그녀의 상반신과 머리 위편을 향해 허리에 차고 있던 와이어를……!

"『바인드』~!!"

"자, 잠깐만?!"

로브 안에서 억눌린 목소리가 흘러나왔다.

나는 로브에 감싸인 세레나를 바인드로 꽁꽁 묶어버렸다.

평소 같으면 이건 시간 벌이밖에 되지 않을 것이다. 하지만 지금이라면……!

"세레나 님?!"

"세, 세레나 님이……!"

"세레나 님이 예쁘게 포장되셨어!"

세레나가 바인드에 의해 구속되자 꼭두각시가 되어버렸던 모험가들이 한순간 정신을 차렸다.

"아아! 감사합니다, 감사합니다……! 정말 신성하고 청초한 엉덩이야……!"

방금까지 세레나와 이야기를 나누던 아저씨가 그 자리에서 넙죽 엎드리더니 속옷에 감싸인 세레나의 엉덩이를 감상했다.

"잠깐……! 그만……! 멈춰……!"

세레나가 포장이 된 상태에서 버둥거렸지만 내가 방금 사용한 것은 거물을 상대할 때 쓰기 위해 특별히 주문한 와이어였다.

아무리 간부라고 해도 인간인 세레나가 몸부림치는 것으로는 벗어날 수 없었다.

"아앗! 어, 엉덩이, 엉덩이이이잇! 세레나 님의 성스러운 엉덩이가 훤히……!"

"가, 가려! 둘러서서 몸으로 가리는 거야!"

"세레나 님이, 세레나 님이 검은색 팬티를……! 흥분을 주체할 수 없어……!"

모험가들은 반쯤 정신을 차린 것 같았지만 그래도 세레나의 하반신을 가리기 위해 자신의 몸으로 벽을 형성했다.

세레나는 아쿠아 수준의 힘을 지니지는 못한 건지 내 바인드를 마법으로 풀지 못했다.

말투를 신경 쓸 여유마저 사라진 세레나는 로브를 뒤집어 쓴 채 고함을 질러댔다.

"사토 카즈마! 이 자식, 두고 보자! 절대 가만 안 둘 거다! 내가 풀려나기만 해봐라! 그냥 확……!"

그냥 확 어쩌려는 건지는 모르겠지만 무시무시하니 대항책을 강구하기로 했다.

나는 깊이, 깊이, 숨을 들이마신 후—.

마을 전체에 울려 퍼질 정도의 큰 목소리로 고함을 질렀다.

"큰일났어어어어어! 고명한 성녀로 명성이 자자한 세레나 님이, 하반신을 훤히 드러내고 계셔어어어~!"

"아아아아, 안 돼애애애애애애애~!!"

## 4

“또 온 거냐, 사토 씨.”

“또 왔어요, 서장님.”

나와 여기사는 조그마한 책상을 사이에 두고 앉아서 서로를 응시했다.

그렇다. 나는 또 사정 청취를 당하고 있었다.

세레나의 속옷 대공개 사건의 장본인으로서 나는 또 경찰서에 구류됐다.

이번 소동은 문제가 됐다.

추종자들은 세레나의 로브를 찢을 수 없었고, 기합과 마력을 있는 대로 쏟아 부어서 펼친 내 바인드는 세레나를 장시간 동안 포장 상태로 있게 했다.

그리고 내 고함소리를 들은 구경꾼들이 세레나의 주위로 몰려오더니 그녀의 엉덩이를 안주 삼으며 노상에서 술판을 벌이기까지 했다.

소동이 일어났다는 것을 알고 온 경찰에게 나는 또 체포당했는데…….

경찰서 안의 좁은 방안에서 여기사는 한숨을 내쉬었다.

“사토 씨. 솔직히 말하겠는데, 민폐 좀 끼치지 마라.”

“그게, 저도 여러모로 난처한 상황이거든요.”

—내가 또 체포된 후, 경찰서 직원이 다크니스에게 어떻게

처리하면 좋을지 의견을 구하러 간 것 같았다.

하지만 다크니스는 이제 내 신분 보증인이 되지 않겠다는 뜻을 밝혔다고 한다.

지난번에 이 여기사 앞에서 내가 다크니스를 놀린 탓인 것 같았다.

"……이번에는 그 프리스트가 피해 신고서를 제출했다. 그런 만큼, 아무리 당신이 더스티네스 경과 가까운 사이일지라도 간단히 석방해줄 수 없지. 석방되고 싶다면 어느 정도 높은 지위에 있는 인간이 보증인이 되어줘야 해……."

"뭐, 그렇겠죠."

역시 다크니스에게 몇 번이나 의지하는 것도 좀 그렇다.

앞으로도 이렇게 경찰에게 체포될 짓을 계속 할 생각이니까 말이다.

여기사는 내 말을 듣더니 또 땅이 꺼져라 한숨을 내쉬었다.

그 후 그대로 책상에 엎드리고 방금까지의 진지한 태도를 내던져버린 것처럼 발을 버둥거리면서 머리를 쥐어뜯기 시작했다.

"하아, 정말! 정말! 왜 간단히 잡힌 거냔 말이다! 당신이 마음만 먹으면 다소 거친 짓을 해서라도 우리한테서 간단히 도망칠 수 있었을 것 아니냐!"

"어이, 서장이라는 사람이 그런 소리를 해도 되는 거야?"

내가 그렇게 말하자 여기사는 고개를 퍼뜩 들었다.

“대체 그 여자는 뭐지? 그녀의 속옷을 본 자들은 전부 열렬한 신자가 되어버렸다. 확실히 그녀의 행실 자체는 올바르다. 괴짜가 많은 이 마을에서 몇 안 되는 양식적인 사람이지. ……그래도 신봉자가 늘어나는 속도가 너무 빨라. 속옷 때문이냐? 그런 거냐? 속옷을 구경시켜줬으니 다들 그 답례로 신자가 된 거냐? 그럼 나 같은 고지식한 인간도, 속옷을 보여주면 팬이 생길까? 이 마을 녀석들이 비정상적이라는 건 직업상 잘 알고 있다만……. 하아, 차라리 나도 확……!”

…………뭐?!

“그때 모여들었던 구경꾼들이 신자가 됐다고? 팬티를 보기만 했을 뿐인데 말이야? 나도 프리스트 누님이 팬티를 보여주는 종교단체가 있다면 넙죽 들어가겠지만…….”

위화감이 느껴졌다.

서큐버스 서비스로 훈련이 된 이 마을 사람들이 겨우 세레나의 팬티 때문에……?

좋은 구경했다며 답례 인사 정도는 할지도 모르지만 속옷 좀 봤다고 신봉자가 된다는 것은 이상했다.

……답례.

왠지 마음에 걸렸다.

세레나가 복수의 신을 모신다는 점과 연관이 있을지도 모른다.

나는 그녀의 곁에 있던 추종자들을 떠올렸다.

그들 중에는 일전에 세레나가 중상을 치료해줬던 남자도 있었다.

세레나가 그런 중상을 치료해줬으니 신자가 되는 것도 어찌 보면 당연했다.

하지만 아쿠아는 그것보다 더 심한 부상을 치료해준 적이 있었다.

평소 행실 때문일지도 모르지만 죽은 이를 소생시키기도 한 아쿠아는 지금보다 더 숭배 받아야 정상이다.

왠지 정답이 코앞에 있는 느낌이 들었다.

세레나를 찾아가서 상담을 받았지만 소원이 이뤄지지 않았던 융융은 멀쩡했다.

그리고 나 때문에 훤히 드러난 세레나의 속옷을 구경한 자들은 전부 신자가 됐다.

즉……!

"사토 씨! 딴 생각 그만하고 질문에 대답해라! 그 여자의 비밀 말이다! 자, 빨리 대답하지 못할까?!"

……앗.

"이이이이이익! 인마아아아아~! 정답을 거의 다 찾았는데 너 때문에 망쳤잖아! 방해하지 말라고, 이 노처녀 기사야!"

"앗! 절대 해선 안 되는 말을 했구나! 나 같은 여기사는 좋아서 시집을 못 간 게 아니다! 아이가 생기면 임무에 지장이 생기기 때문에, 그런 부분까지 서포트해주는 이해심 넘치는 멋진 남성이 나타나는 걸 기대……, 귀 막지 마라, 사토 씨! 내 이야기를 들어달란 말이다! 그리고 기왕이면 사토 씨가 알고 지내는 멋진 남성을 소개해줬으면 한다……!"

책상을 흔들어대며 떠들고 있는 여기사의 말에서 신경을 끈 나는 머릿속에 맴도는 생각을 정리했다.

세레나의 꼭두각시가 되는 조건이란, 그녀에게 빚을 지거나 감사의 마음을 품는 것이리라.

그렇다면 꼭두각시가 된 이들을 원래대로 되돌릴 방법은 뭘까?

아쿠아라면 그들을 간단히 원래대로 되돌릴 수 있을지도 모르지만, 그 녀석의 정체가 세레나에게 탄로 나는 사태가 벌어지면 그대로 끝이다. 그러니 그녀의 힘을 빌릴 수는 없다.

……하지만, 그런 생각을 하기 전에—.

"사토 씨! 성격파탄자라도 괜찮으니 연봉이 꽤 괜찮

고……. 그래, 집안일! 집안일을 잘하는 남편이 좋겠군. 그리고 하루 한 번, 꼭 사랑한다고 말해주는……!"

"어이, 서장. 내 말 좀 들어봐."

"……뭐지?"

이상한 소리를 늘어놓던 여기사는 언짢은 표정을 지었다.

"부탁이 있어. 편지를 보내주면 안 될까? 속달 우편으로 말이야. 돈은 얼마나 들어도 괜찮으니까, 왕도에 있는 내 지인에게 편지를 배달해줘."

## 5

"그럼 사토 님, 부디 조심하시길! 혹시 곤란한 일이 있으시다면 말만 하십시오! 제가 꼭 도와드리겠습니다!"

"으, 으음……. 고, 고마워요……."

편지를 보낸 다음 날.

태도가 돌변한 여기사가 나에게 한 경례는, 저번에 다크니스에게 했을 때에 버금갈 정도로 절도가 있었다.

그녀는 나를 대귀족에 필적하는 인간으로 여기는 것 같았다.

그 이유도 짐작이 된다. 내가 쓴 편지가 왕도에 살고 있는 두 여성에게 전달됐기 때문이리라…….

"설마 사토 님이 더스티네스 가문만이 아니라 심포니아 가문과도 친분이 있으실 줄은 몰랐습니다……. 게다가 그 클레어 님이 자필 편지를 통해 사토 님에게 절대 실례를 범하지 말라고 단단히 이르시다니……. 이런 일은 듣도 보도 못했습니다……."

나는 아이리스의 호위인 두 귀족, 클레어와 레인에게 편지를 보냈다.

두 사람에게서 답장이 온 후 여기사의 태도는 어제와 완전히 딴판으로 변했다.

손이 닳도록 비벼대며 시종일관 끝내주는 미소를 짓고 있었다.

"레인 님께서 클레어 님의 편지를 가지고 엉엉 울며 이곳으로 뛰어오셨을 때는 큰일이라도 난 줄 알았죠. 사토 님은 정말 바람둥이시군요! 더스티네스 경만이 아니라 클레어 님과 레인 님까지……!"

"아니, 그게……. 그런 사이는 아닌데…… 뭐, 됐어……."

그것보다 이 여기사에게 너는 누구냐고 물어보고 싶다.

여기사는 내가 클레어, 레인과도 친분이 있다고 착각한 것 같았다.

그 편지에는 내가 기억을 되찾았으며 곧 일전의 일에 대한 답례를 하러 가겠다고 적어뒀다.

그리고 추신으로 지금 좀 난처한 상황에 처했으니 두 사람이 내 신분 보증인이 되어줬으면 좋겠다고 적었을 뿐이다.

아마 내 편지를 전달하러 간 직원에게서 내 현재 상황을 듣고, 클레어와 레인은 내 가석방의 보증인이 되어준 것 같았다.

"……그런데 그 두 사람은 어디 있죠? 그 녀석들에게 인사라도 하고 싶은데요."

"클레어 님은 오늘부터 한동안 먼 곳에 있는 비밀 별장에서 휴가를 보낼 거니, 왕도에 와봤자 자기는 없을 거라고 사토 님에게 전해 달라 했습니다. 그리고 레인 님은 아까 사토 님의 석방을 요청한 후, 보증인용 서류를 이곳에 둔 다음에 텔레포트 마법으로 사라지셨죠."

어이쿠, 나를 정말 무서워하나 보네.

나는 여기사에게 안내를 받으면서 경찰서 입구로 향했다.

그곳에서는 다른 직원들이 직립부동 자세로 경례를 하며 나를 배웅하고 있었다.

여기사는 손을 등 뒤로 돌리더니 고개를 갸웃거리고 미소를 지었다.

"사토 님. 앞으로는 이 마을에서 다소 문제를 일으키시더라도 눈감아드리겠습니다. 그러니 마음껏 그 프리스트의 뒤를 캐거나 괴롭히시길!"

"아, 예. 고마워요……."

이 마을은 정말 괜찮은 걸까.

정말 속이 뻔히 보이는 귀족 겸 기사네…….

“당신이 일전에 다크니스를 동경한다고 해서, 좀 더 근면 성실하고 고지식한 인간일 거라고 생각했는데 말이에요.”

“그런 대귀족이라면 잘생긴 귀족 장남을 얼마든지 차지할 수 있을 텐데도 우직하게 독신을 관철하고 있는 점 때문에, 더스티네스 경은 저를 비롯한 독신 귀족의 멋진 우상인 거죠. ……그러고 보니 사토 님은 이렇게 멋진 인맥과 명성뿐만 아니라, 저택도 소유하고 계시죠? ……게다가 부호라고 해도 과언이 아닐 정도의 재산을 지니신 걸로 알고 있습니다만…….”

“……마, 맞아요.”

…………….

“저는 23세 독신이며, 의외로 헌신하는 타입일 뿐만 아니라, 벗으면 끝내준다고 평판이 자자한 알로에리나라고 합…….”

“그럼 이만 가볼게요! 신세 많이 졌습니다! 다음에 제대로 답례를 하죠!”

불길한 예감이 엄습한 나는 허둥지둥 경찰서를 나섰다.

—극진한 배웅을 받으면서 경찰서를 나서자 밝은 햇살 때문에 눈이 부셨다.

어둑어둑한 유치장에 익숙해졌기 때문일까.

눈이 부셔서 눈을 가늘게 뜬 나는 누군가가 경찰서 앞에 서 있다는 사실을 눈치챘다.

아침 햇살을 받아 찬란히 빛나고 있는 푸른색 머리카락.

상냥한 인상을 자아내는 옅은 물빛 날개옷.

그곳에는 오랜만에 보는 아쿠아가, 온화하면서도 상냥한 미소를 머금은 채 손을 흔들고 있었다.

마치, 오랜만에 돌아온 동료를 마중하듯 말이다.

"카즈마, 어서 와! 옥살이하느라 수고 많았어!"

내가 저택에 틀어박혀 있으라고 그렇게 말했는데, 왜 이 녀석은 매번 남의 말을 무시하는 걸까.

하지만 아주 약간 기쁘기도 했다.

아쿠아는 자초지종을 모르지만 저택 밖이 위험하다는 것은 알고 있다. 그런데도 출소한 나를 마중 온 것이다.

내가 이유모를 안도감을 느끼며 아쿠아에게 다가가자—.

"이걸로 카즈마는 나보다 경찰 신세를 진 횟수가 많아졌네. 이제 나를 전과자라고 부르지 못할 거야! 자, 기분이 어때? 전에 내가 저택을 점령했을 때 경찰을 불렀던 카즈마 씨. 그 후에 나를 시도 때도 없이 전과자라고 부르며 놀려댔던 카즈마 씨. 기분이 어때? 지금 어떤 심정이야?"

………….

이 녀석은 진짜……!

“너, 그런 어처구니없는 소리를 하기 위해 여기서 나를 기다린 거냐?! 헛소리 하지 말라고! 내가 왜 몇 번이나 경찰 신세를 지고 있는 건지 알기나 해?! 정의감 넘치는 나는 마을을 지키기 위해 어쩔 수 없이 체포된 거라고! 너의 얼간이 같은 범죄와 똑같이 취급하지 마! 이 범죄 여신아!”

“와아아아아아아~! 너야말로 헛소리 하지 마! 이 망할 백수, 확 천벌을 내려버린다?! 그럼 왜 몇 번이나 경찰 신세를 지고 있는 건지 털어놔! 털어놓으란 말이야! 찔리는 구석이 없으면 털어놓을 수 있을 거 아냐!”

이익, 오랜만에 만났는데도 확 두들겨 패주고 싶네!

말을 해줄 수 있다면 이렇게 고생할 필요가 없다고!

아니, 그것보다 저번의 일로 불같이 화가 났을 세레나라면, 내가 출소할 때까지 기다렸다 습격을 할 가능성이 충분히 있었다.

만에 하나 최악의 사태가 벌어지더라도 아쿠아만 무사하면 나는 소생 마법으로 되살아날 수 있다.

뭐, 그건 어디까지나 최후의 수단이지만 말이다.

같은 프리스트라서 그런지 세레나도 아쿠아를 적대시하는 것 같으니 이 녀석을 한시라도 빨리 저택으로 돌려보내는 편이 좋겠지.

나는 손을 내저으면서 아쿠아에게 말했다.

"하아. 그래, 내가 잘못했다. 잘못했다고. 그 프리스트가 마음에 안 들어서 괴롭히고 있는 거야. 다른 이유는 없으니까, 너는 빨리 저택에 돌아가서 틀어박혀 있어. 그리고 다크니스와 메구밍은 뭐하는 거야? 그 녀석들에게 너를 돌봐달라고 부탁해뒀는데 말이야."

"그 두 사람은 내 필살 개인기인 백식(百式) 어스름의 포로가 됐어. 한 번 발동되면, 끝나는데 한나절이나 걸리는 장시간 개인기야. 그리고 저택에 틀어박혀 지내는 데도 질렸어. 나는 집에 틀어박혀 지내는 게 직업인 백수가 아니거든. 그래서 완전 질려버렸단 말이야. 카즈마만 약았어. 요즘 들어 계속 외박을 하잖아. 나도 잠옷 파티에 데려가 줘."

아쿠아는 그렇게 말하면서 내 옆에 섰다.

아무래도 이 바보는 내가 뭘 하는지 알지도 못하면서 따라다닐 속셈인 것 같았다.

그 필살 개인기는 나중에 나한테도 보여 달라 하고 이 녀석을 대체 어떻게 하면 좋을까.

……뭐, 일단 배부터 채워야겠다.

경찰서 밥은 양이 적었다.

밥이라도 먹으면서 아쿠아를 설득…….

내가 앞으로 어떻게 할지 생각을 하면서, 멋대로 따라오는 아쿠아를 데리고 적당한 가게로 들어가기 위해 걸음을 옮기고 있을 때였다.

내가 가장 만나고 싶지 않은 집단이 내 눈앞에 나타났다.

그들은 바로—.

"여어, 사토 카즈마. 빨리도 출소했는걸. 너를 기다리고 있었어. 어라……? 오늘은 동료와 같이 있네. 자, 빨리 결판을 내도록 할까. 나, 지금 열불이 터져서 속이 뒤집힐 것만 같거든!"

평소의 온화한 가면을 내던져버린 채 핏발 선 눈으로 나를 죽일 듯이 쳐다보고 있는 세레나와, 그녀의 추종자들이었다—.

6

"카즈마 씨~! 카즈마 씨~!! 어떻게 된 거야?! 우리는 왜 쫓기는 건데?! 나, 재들에게 쫓길 만한 짓은……! ……아주 조금밖에 안 했거든?!"

"조금은 한 거냐?! 저 자식들이 정신을 차리면 사과하라고! 젠장~! 저 여자, 내가 경찰 신세를 지는 사이에 신자를 얼마나 늘린 거야?! 이런 사태가 벌어졌는데 마을 사람들이 쳐다보지도 않잖아!"

나와 아쿠아는 마을 안에서 눈썹을 휘날리며 도망 다니

고 있었다.

우리를 쫓는 모험가의 숫자는 열 명 정도지만 마을 사람들은 이런 소동이 일어났는데도 아무런 반응을 보이지 않았다.

아쿠아의 지원 마법으로 육체를 강화한 덕분에 아직 따라잡히지는 않았으나 궁지에 몰리는 것도 시간문제였다.

그것보다—.

"저 녀석은 두뇌파인 줄 알았는데 완전 단세포네! 좀 괴롭혔다고 이렇게 발끈하는 건 아니잖아! 하는 짓거리도 점점 될 대로 되라 식으로 변했고!"

예전에 나를 습격했을 때는 남의 시선을 신경 썼다.

하지만 이번에는 그런 건 전혀 개의치 않고 있을 뿐만 아니라 행동 자체에도 점점 제한이 없어지는 것을 보면, 그만큼 많은 사람들을 세뇌시킨 것이리라.

울상을 지은 채 내 옆에서 뛰고 있던 아쿠아가 고함을 질렀다.

"저기~! 나는 카즈마가 지은 죄가 성희롱인 걸로 알고 있거든?! 대체 무슨 짓을 했는데 그렇게 온화하던 프리스트가 저렇게 불같이 화를 내는 거야?!"

"별거 아냐! 온갖 방식으로 괴롭혀준 다음, 화장실이 없는 집에서 나오지 못하게 물로 입구를 얼리고, 이상한 소문을 퍼뜨리고, 한 시간 정도 수많은 사람들에게 세레나의 속옷을 구경시켜줬을 뿐이라고!"

"그 정도면 살해당해도 할 말이 없을 것 같네!"

빌어먹을~!

길가 노점의 좌판을 쓰러뜨려서 거기에 놓여 있던 과일 같은 것을 장애물 삼아 길바닥에 흩뿌렸다.

내 뒤편에서 고함소리가 들렸지만 사과를 하거나 변상을 할 시간도 없었다.

세레나가 이렇게 당당하게 나를 쫓아오는 것을 보면 상당수의 인간이 내 적으로 돌아섰다고 생각해야 할 것이다.

이제 누가 세레나의 꼭두각시인지 분간할 수 없다.

그렇기에 나와 아쿠아는 자연스레 인적이 드문 장소로 뛰어갔다.

아쿠아는 자초지종을 모르지만 순순히 나와 함께 도망치고 있었다.

큰일인걸. 이 녀석한테 무슨 일이 생기기라도 했다간 나를 소생시켜줄 사람이 없어지는데…….

아쿠아만이라도 경찰서로 피신시킬까?

아니면, 확 저택으로……!

"어이, 아쿠아! 너, 마을 사람들을 보고도 아무런 느낌이 안 드는 거야?! 다크니스의 아버지에게 걸린 저주는 한눈에 꿰뚫어 봤잖아! 사악한 힘 같은 건 느껴지지 않는 거냐고!"

"내 맑디맑은 눈동자로 보니, 이 마을에서 가장 사악한 남자가 내 옆에서 같이 뛰고 있는 것 같아."

이 녀석이 진짜~!

방금까지만 해도 아쿠아만이라도 피신시키자고 생각했던 나는, 발을 걸어서 이 녀석을 넘어뜨린 후 이 녀석이 잡힌 틈에 혼자 도망칠까 고민했다. 그리고 바로 그때, 등 뒤에서 의기양양한 목소리가 들려왔다.

"이 모퉁이 너머는 막다른 길이라고, 사토 카즈마! 참 아쉽게 됐는걸. 길가는 사람들의 배치가 이상하다는 걸 눈치채지 못한 거냐? 너는 인적이 드문 곳으로 유인된 거야! 이 앞에는……!"

"그렇다. 이 모퉁이 너머는 막다른 길이고 주위의 벽도 높다.

나름 오랫동안 이 마을에서 살았던 나는 물론 그 정도는 알고 있었다.

"어이, 아쿠아. 이대로 가면 따라잡힐 거야. 너는 벽에 손을 대고 몸을 웅크려! 그러면 내가 너를 발판 삼아 벽을 넘겠어! 그리고 내가 벽 위에서 너를 끌어올려줄게!"

"아하, 멋진 생각이네! 그럼 카즈마가 발판 역할을 해! 내가 먼저 올라가서 카즈마를 끌어올려줄게!"

"이, 이 녀석……!"

전력질주 중인 나와 나란히 뛰면서도 전혀 숨을 헐떡이지 않는 아쿠아가 주저 없이 그렇게 외쳤다.

오랫동안 함께 지낸 만큼, 우리는 서로가 무슨 생각을 하고 있는지 훤히 꿰뚫어보고 있는 것이다.

나와 아쿠아는 거의 동시에 모퉁이를 돌았고—.

“하아……! 하아……! 드, 드디어 체념한 거냐, 사토 카즈마……! 꽤, 꽤 실력 좋은 프리스트를 데리고 다니는구나……. 하아…… 하아……. 지원 마법……, 하아…… 하아…….”

숨이 턱까지 찬 세레나는 모퉁이를 돌자마자 그대로 멈춰서서 딱딱하게 굳어버린 우리를 따라잡더니, 거친 숨을 내쉬며 그렇게 말했다.

이윽고 세레나는 눈치챘다.

나와 아쿠아가 체념을 해서 멈춰선 게 아니라는 사실을 말이다.

세레나는 멈춰선 우리의 시선이 향하고 있는 곳을 쳐다보았다.

그곳에는—.

“어서 옵쇼! 손님, 기다리고 있었습니다! 오늘은 날씨도 좋아서, 점주와 함께 출장 노점을 열기로 했다!”

“아, 어서 오세요! 바닐 씨의 말대로, 진짜 이런 곳에 손님이 왔네요!”

그곳에는 위즈와 바닐이 막다른 골목 바닥에 돗자리를 깔고 차린 노점이 있었다.

—이 내다보는 악마, 진짜 싫어.

7

"저기, 뭘 팔고 있는 거야? ……그것보다 괜찮아? 머리에서 연기가 나잖아."

"아까 바닐 씨가 「벌레꼴까닥을 겨우 다 처분했더니, 또 이런 이상한 물건을 사들인 것이냐!」라면서 막 저를 꾸짖지 뭐예요……. 그래도 걱정하지 마세요, 아쿠아 님. 아까 설탕물을 마셨으니까 몸이 곧 재생될 거예요. 그리고 정 위험하다 싶으면 어디 가서 물이라도……. 참, 아쿠아 님. 바닐 씨의 말에 따르면 그게 오늘의 추천 상품이래요!"

아쿠아는 위즈 옆에서 몸을 웅크리더니 상품을 물색하기 시작했다.

두 사람이 상황에 어울리지 않게 느긋한 대화를 나누는 가운데—.

"어이, 바닐. 어떻게 된 거야? 너, 내 전 재산을 다 뜯어간 걸로는 부족한 거야?"

"너, 이 세상에서 벌어지는 모든 일을 몰래 조종하고 있는 건 아니지? 그것보다 왜 내가 궁지에 몰려 긴장감이 감도는 장소에서 노점을 차린 건데? 대체 어디까지 내다보고 있는 거냐고."

나와 세레나가 바닐에게 따지기 시작했다.

나를 쫓아왔던 세레나의 추종자들은 명령을 받은 건지 떨어진 곳에서 우리를 지그시 쳐다보고 있었다.

우리가 따지자 바닐은 웃음을 터뜨리며 말했다.

"후하하하하하하! 뭐, 두 사람 다 너무 화내지 마라! 현재 이 몸은 돈을 버는 게 일이기 때문에, 돈 냄새가 나는 장소라면 거기가 어디든 출몰하지. 자, 너희가 탐을 낼 추천 아이템을 준비했으니 보고 가는 게 어떻겠느냐?"

바닐은 몰라도, 위즈 앞에서 싸움을 벌일 수는 없다.

결국 나와 세레나는 눈짓을 교환하면서 일단 휴전을 하기로 했다.

……아니다. 이렇게 됐으니 거래 같은 건 다 때려치우고 확 위즈에게 고자질을 해버릴까?

바닐과 위즈, 그리고 여신인 아쿠아까지 이 자리에 있는 만큼 어떻게든 될 것 같았다.

문제는 나와 친하다고는 해도 위즈와 바닐이 어느 쪽에 붙을지 모른다는 점이다.

나는 위즈와 바닐이 세레나와 어떤 사이인지 정확하게 알지 못하고, 알고 있는 건 옛 동료사이라는 것뿐이다.

일전에 마왕군 간부인 슬라임, 한스가 무고한 사람을 해쳤을 때는 위즈가 어마어마하게 화를 냈다.

그때는 마왕군과 위즈 사이의 약속을 한스가 깼다고 했는데…….

과연 지금 상황에서 위즈가 어떤 식으로 나올지 짐작할 수 없었다.

그것도 그럴 것이, 아무리 이름만 올려놨다고 해도 위즈는 지금도 마왕군 간부다.

뭐, 저 두 사람이 세레나와 손을 잡고 이 마을을 공격하는 사태만큼은 벌어지지 않을 거라고 생각하지만—.

"어이, 이상한 생각을 하는 건 아니겠지? 일단 오늘은 분란을 일으키지 말자고."

세레나는 내 생각을 꿰뚫어본 건지 내 귀에 입을 대며 그렇게 속삭였다.

……이 녀석은 지금까지 싸웠던 간부들과 다르게 머리가 잘 돌아가서 문제였다.

"자, 거기 둘. 밀담은 그만 나누고 이 몸의 상품을 살펴보는 게 어떻겠느냐? 내다보는 힘을 안 써도, 너희가 탐을 낼 게 틀림없는 상품들이지."

바닐은 수상한 말을 늘어놓았고 나와 세레나는 서로를 쳐다보았다.

이윽고 바닐은 종이 한 장을 내밀면서 말했다.

"우선 이것! 이 마을에서 그 어떤 짓을 꾸미든, 이 몸은 그자를 방해하지 않겠다는 내용의 서약서……."

바닐이 말을 끝까지 잇기도 전에 세레나가 그 종이를 낚아

챘다.

그러고 보니 바닐은 세레나의 정체가 손님의 개인정보이니 발설하지 않겠다고 말했지만 방해를 하지 않겠다고 말한 적은 없었다.

악마인 바닐은 계약을 철저하게 지키는 것 같았다.

젠장, 한 발 늦었어…….

"어이, 바닐. 내가 돈을 더 많이 낼 수 있거든? 그거, 나한테 팔아."

세레나는 내 말을 듣더니 의기양양한 어조로 말했다.

"이런 건 먼저 쥔 사람이 임자 아냐? 이봐, 바닐. 이건 얼마야?"

"73만 하고 330에리스."

"또 내 전 재산이냐! 내가 다시 꾸준히 모은 돈을 탈탈 털어가는 거냐고! 인마, 좀 적당히 해!"

세레나는 고함을 지르면서 자신의 지갑을 바닐에게 집어던졌다.

"구매해주셔서 감사합니다~!"

……아.

"어이, 세레나. 그러고 보니 내가 전에 너한테 돈을 빌려줬지?! 지금 바로 갚아! 내가 혼자서 훼방을 놓는다면 간부로서 당당히 상대해주겠다고 했잖아! 1대 1로 싸우겠다고 했으면서 떼로 몰려와서 나를 쫓아다녔잖아? 당장 돈을 갚아!

……헤헤헤, 그러면 바닐한테서 그걸 살 수 없겠네!"

"이, 이 자식……! 젠장! 어이, 너!"

세레나는 내 말을 듣더니 추종자 중 한 명을 불렀다.

멍하니 서 있던 그 녀석은 무표정한 얼굴로 세레나에게 다가왔다.

"야, 돈 내놔. ……자, 이제 됐냐?!"

세레나는 자신의 추종자한테서 돈을 빼앗아 그것을 나에게 건넸다.

젠장, 일이 쉽게 풀리지는 않네.

……바로 그때였다.

"…………응? ……어, 어라……? 내가 이런데서 뭘 하고 있는 거지……?"

"칫!"

돈을 빼앗긴 모험가가 갑자기 제정신으로 되돌아오자 세레나는 혀를 찼다.

…………호오.

"저기, 잠시 저 좀 보실래요?"

세레나는 온화한 어조로 정신을 차린 모험가에게 말을 걸었다.

"이상하네. 나는 분명……. 아, 예. 세레나 씨, 무슨 일이죠? 왜 치맛자락을 움켜쥐고……. ……읏?!"

그리고 세레나는 부끄러워하면서도 자기 치맛자락을 들춰

서 치마 안을 그 모험가에게 보여줬다.

"저기……. 이걸 보니 어떤 생각이 드나요?"

"감사합니다! 감사합니다! 감사합……니다……."

세레나의 치마 안을 본 남자는 감사하다는 말을 연달아 입에 담았다.

그리고 그의 표정이 곧 멍해지기 시작했다.

………………오호라.

"저기, 방금 봤어? 저 청초한 느낌의 프리스트가 방금 말도 안 되는 짓을 했어! 꺄아, 완전 발정 난 암캐네!"

"선머슴 같던 세레스디나 양이 못 본 사이에 이렇게 대담해졌군요……."

"뭐~? 세레스디나? 너, 저 프리스트와 아는 사이야?"

세레나의 행동을 본 위즈와 아쿠아가 멀찍이서 속닥거리고 있었다.

그런 두 사람을 깔끔하게 무시하며 다시 얌전해진 남자를 쳐다보고 있던 세레나는, 내 시선을 느낀 건지 혀를 차면서 고개를 돌렸다.

"어이, 바닐. 이제 내 방해는 안 할 거지?! 이 종이는 내가 샀잖아. 그러니 나를 방해하지 않기로 계약을 한 거다?"

"음, 그렇다. 악마는 계약을 절대 어기지 않지. 그러니 안심하도록. ……자, 소년."

으음, 역시 세레나에게 빚을 지면 지배당하는 것 같네.

그리고 꼭두각시 상태에서 벗어나기 위해서는 세레나에게 어떤 형태로든 그 빚을 갚아야 하는 것이다.

방금 저 남사가 세레나에게 돈을 빼앗겼던 것처럼 말이다.

세레나가 그에게 팬티를 보여준 것은 아마 나 때문에 속옷이 노출됐을 때 신자가 훌쩍 늘어났기 때문이리라. 아무래도 그 방식에 맛을 들인 것 같았다.

확실히 손쉽게 꼭두각시를 만들기 딱 좋은 수단일지도 모른다.

"어이, 소년. 이번에는 네가 좋아할 만한 상품을 보여주마."

……어, 그런데 말이야.

세레나의 속옷이 노출됐을 때, 이미 꼭두각시가 되었던 추종자들은 그녀의 속옷을 보고 잠시 동안 정신을 차렸잖아.

어째서 그렇게 된 거지……?

"……어이, 요즘 들어 매일같이 외박을 하면서 어떤 서비스를 통해 저택에 있는 두 사람 뿐만 아니라, 이 자리에 있는 여성들 대부분을 마음껏 가지고 놀았던……."

"좋아, 상품을 보여 달라고! 바닐, 대체 나한테 뭘 팔고 싶은 거야?! 나, 지금 주머니가 두둑하니까 뭐든 사주겠어!"

세레나가 쓰레기를 쳐다보듯 나를 응시하는 가운데, 나는 바닐이 준비한 상품을—.

"……이게 뭐야?"

"이 케이스 안에 들어있는 건 말이다. 우리 가게의 얼간이 점주가 옛날에 사들였던, 아무 짝에도 쓸모없는 포션 시리즈다."

아무 짝에도 쓸모없는 포션이라고 자기 입으로 말한 거냐.

"이걸 예로 들어볼까! 스테이터스업 포션(개조). 고가의 스테이터스업 포션을 비상식적으로 개조한 건데, 일반적인 포션보다 효과가 훨씬 좋지."

"……어떤 부작용이 있는데?"

"스테이터스가 상승하는 대신, 그것과 짝을 이루는 스테이터스가 하락한다."

……짝을 이루는 스테이터스?

"예를 들어, 그걸 마시면 어떻게 되는 거야?"

"힘 스테이터스가 엄청 상승할 거다. 그 대신, 지력이 낮아지지."

아하.

"지력이 필요 없는 전사 계열의 녀석이 쓴다면, 의외로 효과가 괜찮을지도 모르겠네……."

내가 흥미를 보이자 세레나는 방금 그 포션을 들어보면서 생각에 잠겼다.

"그런데 지력이 얼마나 낮아지는 거야?"

"소년의 동료인 파랑 머리 프리스트보다도 낮아질 거다."

나는 포션을 부리나케 내려놨다.

"그럼 이건 어떠냐? 금단의 포션 시리즈 제1탄! 경험치 벌이에 최적화! 마시면 평생 마물들이 몰려들게 되는 포션! 모든 마력을 잃는 대신 레벨이 극도로 상승하는 포션! 이성에게 사랑받게 되지만 체취가 고블린의 악취로 변하는 포션! 힘들었던 수행을 다시 하고 싶어 하는 마조히스트에게 추천하는 레벨 리셋 포션!"

"전부 산업 폐기물급 쓰레기잖아! 그딴 건 필요 없어!"

내가 무심코 태클을 날리자—.

"꼭두각시화를 해제해주는 포션!"

""뭐?!""

바닐은 마지막으로 어마어마하게 편리한 아이템을 소개했다.

"어이쿠, 흥미를 가진 것 같군! 이건 특수한 상태 이상인 『꼭두각시』를 풀어주는 포션이지. 그런 특수 능력을 쓸 수 있는 몬스터는 이미 전부 사라졌기에, 현재는 어디 사는 마이너 사신만 쓸 수 있는 레어한 상태 이상인데……."

"이 자식아, 레지나 님을 마이너 사신이라고 부르지 마!"

세레나가 발끈한 가운데, 나는 바닐에게서 그 포션을 넘겨받았다.

"이것밖에 없는 거야?"

내가 그렇게 묻자 바닐은 위즈 쪽을 손가락으로 가리켰다.

그쪽에서 몸을 웅크리고 있는 아쿠아의 앞에는 수많은 포션이 놓여 있었다.

젠장. 지금 상황에서 꼭 필요한 거긴 해도 바닐의 손바닥 위에서 놀아난다고 생각하니 울화가 치밀었다.

적이기는 하지만 세레나도 나와 같은 심정이리라.

그녀는 그 포션을 보더니 인상을 쓰면서 말했다.

"……나를 방해하지 않기로 계약한 거 아니었어?"

"후하하하하, 내다보는 악마가 단언하마! 이 포션을 소년이 가지게 되더라도 네 녀석에게 마이너스로 작용하지는 않을 것이다! 아니, 소년이 이걸 가지게 된 것을 그대는 진심으로 감사하게 될 때가 오겠지. 자, 소년. 금단의 포션 시리즈와 방금 준 꼭두각시 해제 포션은 서비스다! 그럼 본론에 들어가 볼까! 저기 있는 꼭두각시 해제 포션 한 케이스를, 가격 변동 없이……!"

바닐은 기분이 좋은지 큰 소리로 웃으면서 포션이 들어있는 케이스를 향해 손을 내밀었다.

"아앗, 아쿠아 님. 뭐하시는 거예요. 그건 쓸모가 없는 포션이지만, 바닐 씨가 아침부터 준비한 것들이에요. 병에 손가락을 집어넣으면 안 된단 말이에요."

"하지만 너 지금 상당히 흐릿해졌단 말이야. 자, 수분을 보충해. 쓸모가 없는 포션이라며? 그럼 괜찮겠네. 전부 깨끗한 물로 바꿨으니까, 머리에 뿌려."

"죄송해요, 아쿠아 님. 감사해요……. ……그런데, 아쿠아 님의 신성한 힘이 약간 섞여 있어서 그런지 따끔따끔하네요."

""""…………""""

아쿠아와 위즈를 지켜보던 나와 바닐, 세레나는 그대로 침묵에 잠겼다.

그리고 남을 자기 뜻대로 마구 가지고 놀던 바닐은 위즈와 아쿠아를 쳐다보며 그 자리에서 딱딱하게 굳어버렸다.

"""……푸흡!!"""

"!"

실은 웃을 일이 아니지만 나와 세레나는 동시에 웃음을 터뜨렸다.

8

"후하하하하하하! 후하하하하하핫! 이 몸이 이런 실수를 벌일 줄이야! 역시 일찌감치 해치웠어야 했던 것 같구나, 화장실의 여신이여!"

"할 수 있으면 어디 해봐, 이 가면 악마야! 우리 카즈마 씨한테 뭘 팔아치우려고 했던 건지는 모르겠지만, 자기 뜻대로 안 되었다고 남한테 화풀이를 하는 게 부끄럽지 않은 건가요~? 이러고도 네가 대악마야? 혹시 자칭 대악마였어? 자기 상품이 못 쓰게 되니 기분이 어때? 응? 어떤 기분이야? 꺄아~, 웃겨 죽겠네! 푸푸푸풉, 쿡쿡!"

"""…………."""

"『바닐식 살인광선』!"
"『리플렉트』~!"
—난리가 난 뒤편을 손가락으로 가리킨 나는 탄식을 터뜨리고 세레나에게 말했다.
"……어이, 저 두 사람은 어떻게 할 거야?"
"……나한테 묻지 마. 나도 어쩌면 좋을지 모르겠거든? 그것보다, 바닐과 저렇게 싸우고 있는 저 프리스트는 대체 뭐야?"
믿기지는 않겠지만 여신이에요.
세레나는 땅이 꺼져라 한숨을 내쉬더니 공격의 여파에 휘말린 건지 새까맣게 타버린 위즈를 보고 눈을 감았다.
"유일하게 저 두 사람을 말릴 수 있을 것 같은 위즈도 당해버렸으니, 이제 손쓸 방법이 없네. 나는 간부 중에서 센 편은 아니거든. ……하아~. 왠지 김이 새네. 너와 얽히면 제대로 되는 일이 하나도 없는 것 같아……. 네 주위에는 위험한 녀석이 너무 많아. 바닐과 대등하게 싸우고 있는 저 여자 말고도, 네 지인 중에는 위험천만한 녀석이 잔뜩 있지?"
나는 그 말을 부정할 수 없었다.
우리 파티가 자랑하는 정신 나간 애를 필두로 해서, 홍마의 마을 사람들, 인류 최강의 여동생까지…….

내가 미묘한 표정을 짓자 세레나는 으으…… 하고 신음을 흘리며 인상을 찡그렸다.

"하아……. 됐어. 이 마을은 포기할래. 솔직하게 말해, 너를 너무 얕봤어. 처음부터 전력을 다했으면 좋았을 텐데."

세레나는 그렇게 말하더니 땅이 꺼져라 한숨을 내쉬었다.

그녀의 가라앉은 시선이 여전히 싸우고 있는 바닐과 아쿠아를 향했다.

……뭐, 무리도 아니다.

저렇게 위험한 녀석들을 상대하는 건 싫을 테니까.

"이 뻔뻔한 여신아! 네가 못쓰게 만든 포션을 전부 변상해 주실까!"

"아하하하하하! 그대, 전부 자기 뜻대로 굴러가고 있는 줄 착각하지만 항상 마지막에 가선 매번 말짱 도루묵이 되고 마는 악마여! 변상은 사양하겠어요. 쓸모라고는 눈곱만큼도 없는 포션을 아쿠아의 맛있는 물로 바꿔줬으니까, 네가 나한테 돈을 지불하란 말이야!"

"이 몸의 말투를 흉내 내지 마라! 그건 이 몸의 아이덴티티란 말이다!! 더는 못 참겠다! 네 놈의 전 재산을 전부 몰수해주마!"

…………응. 무리도 아냐.

뭐, 나로서도 일이 원만하게 수습된다면 그 편이 좋다.

게다가 아쿠아의 복수도 대충 마쳤으니까…….

…………

……무슨 소리를 하는 거야!

나는 의기소침해진 아쿠아를 보고 나서기로 결심한 게 아니다.

평소와 다르게 쓸쓸해 보이는 아쿠아를 위해 마왕군 간부에게 싸움을 건 게 아니다.

그 식충이와는 상관없다. 나는 어디까지나 가슴 속의 응어리를 해소하려 했을 뿐이다.

나는 마음속으로 그런 말을 몇 번이나 되뇐 후 세레나에게 말을 걸었다.

"그럼 화해한 걸로 알면 되지? 혹시나 해서 말해두는 데, 나는 마왕한테는 관심 없어. 그러니까 나 같은 놈을 위험시할 필요는 없다고. 솔직히 말해 이렇게 평화로운 마을에서 살고 있어서 그런지, 마왕군과 인류가 이 세상의 운명을 걸고 전쟁을 하고 있다는 말도 영 와 닿지 않아. 나를 그냥 내버려둔다면, 앞으로는 풍파를 일으킬 생각이 없다고."

"알았다, 알았어. 그럼 마왕에게는 너와 이 마을은 아무 가치도 없으니 신경 꺼도 된다고 전하겠어. 그리고 나는 이 마을을 순순히 떠날게. 그러면 되지?"

세레나는 귀찮아 죽겠다는 투로 그렇게 말했고 나는 안도의 한숨을 내쉬었다.

"좋아. 그 정도로 합의하자고. ……하아. 너는 자기 입으로 간부 중에서 센 편이 아니라고 했지만, 그래도 대치했을 때는 진땀 꽤 흘렸어. 간부면 간부답게 무시무시한 모략 같은 걸 꾸며. 나 같은 최약체 직업은 신경 끄고 말이야……."

나는 최근의 긴장감 넘치는 나날을 떠올리면서 푸념을 늘어놓았다.

"뭐, 나한테도 그럴 수밖에 없는 사정이 있거든. 이제는 다 귀찮아졌지만 말이야. ……아아~, 마음이 무겁네……. 너는 이걸로 됐을지도 모르지만, 나는 이제부터 마왕 녀석한테 보고를 해야 해."

여신과 악마의 싸움을 어이없다는 듯 쳐다보고 있던 세레나가 나와 마찬가지로 푸념을 늘어놓았다.

"너를 동료로 삼거나, 혹은 죽인다. 그게 나한테 주어진 진짜 지령인데……. ……뭐, 내가 잘 말해두겠어. 나도 더는 너와 얽히고 싶지 않거든. 나를 사람들 앞에서 구경거리로 만든 것도 잊어줄게. 그러니까 너도 이런저런 일들을 잊어달라고."

"알았다, 알았어. 그럼 이걸로 서로에게 진 빚은 없는 거지?"

나는 그렇게 말했고…….

세레나는 신관복의 품속에서 담뱃대 같은 것과 담배를 꺼냈다.

그녀는 담뱃대 끝에 담배를 채우고 눈에 익은 물건으로 불을 붙였다.

그리고 천천히 연기를 들이마시더니…….

"—이걸로 네가 마왕군의 표적이 될 일은 없을 거야. 아, 맞다. 네 동료 중에 메구밍이라는 녀석이 있지? 실은 그 녀석의 목에도 현상금이 걸려 있어. 그것도 없애줄까?"

맙소사. 그 녀석, 대체 어느새 그런 거물이 된 거야?

마왕군이 자기한테 현상금이 걸었다는 걸 본인이 안다면 기뻐하겠지만…….

"그것도 꼭 부탁드립니다~. 그것보다, 나한테는 안 걸려 있는 거야? 혹시 거금이 걸려 있다면, 그것도 없애줘."

"알았어. 나만 믿어. 내가 손을 써줄게."

세레나는 귀찮다는 듯 담배 연기를 뿜은 후 다시 담뱃대를 문 다음—.

"……하아. 쳇, 조금은 고맙게 생각하라고."

—라고 말했다.

세레나는 여전히 싸우고 있는 아쿠아와 바닐을 멍하니 쳐다보면서 다시 연기를 들이마셨다.

"그래. 여러모로 고마워. 그것보다, 너는 이런 마을에서 대체 뭘 꾸미고 있었던 거야? 여기는 풋내기 모험가의…………."

…………어라?

이 위화감은, 대체 뭐지?

"……말했군."

세레나는 여전히 나를 쳐다보지 않고…….

후우 하고 담배연기를 뿜더니 그렇게 중얼거렸다.

……말했군, 이라니…… 내가, 방금 무슨 말을 했다는 거지?

내 몸에서 느껴지는 이 위화감은 대체 뭐야……? ……게다가, 머릿속이 멍해지는 것 같은데……?

…………앗.

……큰일…… 났다……!

"이야, 너는 정말 대단한 녀석이야. 내 능력이 어떤 건지도 대충 감을 잡았지? 이 정도로 내 힘의 본질을 간파한 녀석은 아마 너뿐일걸?"

아아, 큰일 났다……. 이 녀석, 이런 더러운 수를……!

바닐과 아쿠아의 난동 덕분에 만사가 귀찮아져서 방심한 틈을 노린 거냐…….

"이런 풋내기 모험가의 마을에서 뭘 꾸미고 있는지 물었지? 좋아, 얼마든지 가르쳐줄테니까 고마워하라고. 네가 물었으니 대답해줘야 하지 않겠어? 네가 물어서 답해주는 거니까, 이것도 네 빚이야.”

큰일 났다……, 큰일 났어……!

어이, 말하지 마. 됐어. 더는 아무 말도 하지 말라고……!

나는 머릿속으로 그렇게 생각했지만 입에서 말이 나오지 않았다.

아니, 그뿐만 아니라 몸 자체가 내 의지를 거스르고 있었다.

“야, 비겁하잖아! 위즈를 방패로 삼지 마! ……저기, 위즈가 아까보다 더 투명해진 것 같지 않아?”

“그럼 파마의 마법을 쓰지 않으면 될 것 아니냐! ……음? 큰일 났다. 좀 지나쳤던 것 같구나. 이 정도면 위험 신호다. 이대로 있다간 점주가 소멸하고 말겠지.”

“어어어, 어쩌지~?! 저기, 어떻게 할 거야? 회복 마법을 걸었다간 위즈가 소멸될 거야!”

“저 가방 안에 설탕물이 들어 있으니까, 그걸 점주에게 뿌려볼까. 평소 같으면 그걸로 괜찮아질 거다. 장수풍뎅이처럼 부활하겠지……. ……아마도…….”

아쿠아와 바닐은 투명해지고 있는 위즈 곁에서 그런 소리를 늘어놓고 있었다.

그런 와중에—.

세레나가 드디어 나를 쳐다보았다.

그녀의 입가에는 의기양양한 미소가 어려 있었다.

“실은 말이지? 머지않아 이 마을에 마왕군이 파견될 거야. 뭐, 이곳은 최전선에서 한참 떨어진 곳에 있는 변두리 마을이지. 길을 따라 대군을 진군시킬 수 없어. 그러니 소수의 부대가 텔레포트로 전송될 거다. 뭐, 그래도 풋내기 모험가밖에 없는 이 마을을 박살내기에는 충분한 병력이지.”

어이, 그만해. 아무 말도 하지 마.

“너, 듀크라는 타천사를 알아? 이 마을에서 행방불명된 녀석인데 말이야.”

……응?

아, 마왕군의 간부가 되겠다고 지껄이며 위즈에게 도전했다가 박살이 난 타천사 말이구나.

“아는 것 같네. 혹시 그 녀석도 너한테 당한 거야? 아무튼, 그 녀석이 너를 경계하라는 보고서를 상부에 올렸어.”

그 자식, 쓸데없는 짓을 했잖아.

그러고 보니 그 타천사는 이 마을이 최중요 공략거점이 될 거라는 소리를 했었지.

즉, 이 마을이 공격받게 되는 건 내 탓인 거야?

아니, 그런 건 아무래도 상관없어. 세레나의 이야기를 더 들었다간 진짜로 큰일 날 거라고!

“아, 착각하지 마. 이 마을은 예전부터 공격목표로 선정됐거든. 간부가 몇 명이나 이 마을에서 행방불명이 되고, 거물 현상범이 파괴되면서 주목을 모으기 전부터 말이지.”

그만……!

………….

“어, 어째서……?”

나는 뜻대로 움직이지 않는 입을 억지로 놀렸다.

세레나가 중요한 비밀을 나에게 알려주면 그만큼 꼭두각시화가 진행된다.

그 점은 알고 있다.

알고 있지만—.

“여기가『풋내기 모험가의 마을』이기 때문이야. 즉, 최초의 마을이기 때문이지. 지금은 마왕군 간부지만, 나는 인간이야. 이래 봬도 옛날에는 모험가였어. 내가 모험가가 되기로 마음먹자, 이 마을로 보내졌어. 대부분의 모험가는 이곳에서 첫 퀘스트를 맡게 돼. 이곳은 풋내기 모험가의 마을, 액셀. 이 세상에서 가장 약한 몬스터가 서식하는 땅에 일부러 만들어진, 초보자 모험가의 수행지지.”

게임으로 치면 스타트 지점 같은 건가.

그런데 왜 우리는 이런 초보자의 마을에서 고생만 죽어라 하는 걸까.

“만약 이 풋내기 모험가의 마을이 없어지면 어떻게 될까? 진짜 풋내기 모험가에게는 졸개 중의 졸개 몬스터인 고블린이 휘두르는 녹슨 날붙이도 위협적이야. 자이언트 토드처럼 인원수만 충분하면 간단히 해치울 수 있는 몬스터도 이 근처에만 있지. 자, 이 마을이 없어진다면, 풋내기 모험가들은 대체 어디서 실력을 갈고닦을까?"

……아하.

"감이 오지? 양식이라고 하는 정체불명의 수행법으로 동족을 강하게 만드는 홍마족 같은 일부의 예외를 제외하면, 제아무리 유명한 모험가도 다들 이곳에서 모험가로서 첫 걸음을 떼. 그리고 레벨이 오르면 그에 맞춰 다른 마을로 이동하지. 특별한 이유가 없는 한, 레벨이 어느 정도 오른 녀석들은 이 마을을 떠나는 거야. 그렇게 실력을 기른 녀석들이 언젠가 마왕군을 막아서게 되는 거지."

큰일 났다. 세레나의 이야기를 더 들었다간…….

"이상한 이름을 지닌 녀석들이 나타나지 않게 되었으니, 이 마을만 사라지면 더 이상 모험가가 공급되지 않을 거야. ……마왕군 간부의 필두인 마왕의 딸이 말이지? 머지않아 대부대를 동원해 최전선인 요새와 왕도를 습격할 계획이야. 아마 모험가 쪽에도 상당한 피해가 발생하겠지. ……그리고 새로운 병력이 오기만 기다리고 있던 그 녀석들이, 모험가의 훈련소 격인 이 마을이 궤멸됐다는 소식을 들으면 어떻게 될까?"

……사기가 바닥을 칠 것이다.

몬스터가 만연한 이 세상에서는 마을 하나를 부흥시키는

데 수십 년은 걸릴 테니까…………

아아…… 의식이 멀어지고…………

"……이제 내 이야기를 듣는 것도 한계인가 보네. 이 힘은 저주가 아니거든. 그래서 그 어떤 녀석도 저항할 수 없어. 너 같은 남자라도 절대 불가능하지. 하지만 안심해. 진심으로 따르기 싫은 명령에는 저항할 수 있어. 그 대신 극심한 고통을 느껴야 하지만……. 네가 순순히 내 꼭두각시가 될 리가 없다는 건 알고 있거든? ……자, 네가 내 명령에 얼마나 저항할 수 있을지 정말 기대되는걸……!"

세레나는 즐거워 죽겠다는 목소리로 그렇게 말했다.

그 말을 들으면서도 나는 드디어 아무 생각도 할 수 없게 되었고…….

—마지막으로, 세레나의 속삭이는 목소리가 들렸다.

"자, 귀를 기울이는 거야……. 네 가슴 밑바닥에 존재하는 게 있지? 그건 네가 지금까지 받았던 굴욕, 억울함, 부당함, 조소……. 떠올려봐. 너는 이 마을 주민들에게 무시당했지? 최약체 직업이라고 바보 취급을 당한 적은 없어? 네 발목을 잡는 동료들 때문에 화가 난 적이 있지?"

그 감미로운 말이 내 가슴에 스며들었다.

"그래. 내가 왜 항상 뒤치다꺼리를 해야 하는 거냐고 여긴

적이 있을 거야……. 이제 참을 필요 없어. 양심을 버려. 상식을 버려. 인내심을 버려. 도덕을 버려. ……자, 나와 함께 복수를 하자. 언젠가 내 동료들이 이 마을에 몰려올 거야. 너는 그때, 내 꼭두각시들과 함께 내부에서 그들을 돕는 거지. 자, 이 마을 주민에게, 너의 예전 동료들에게 복수하는 거야—!"

"—위즈, 괜찮아? 내가 누구인지 알겠어?"

"……어? 아쿠아 님? 그리고 바닐 씨? 왜 제 얼굴을 그렇게 빤히 쳐다보는 건가요……?"

"음. 아까 있었던 일을 기억하지 못한다면, 무슨 일이 있었는지 신경 쓰지 않아도 된다. 억지로 떠올리지 않는 편이 너를 위해서도 좋을 테지."

"그, 그래~! 생각이 안 난다면, 무리해서 떠올리지 않는 편이 좋을 거야!"

아쿠아가 위즈의 곁에서 몸을 웅크리더니—.

"카즈마~, 우리도 슬슬 돌아가자. 카즈마가 없는 동안, 다크니스와 메구밍이 저택 안을 곰처럼 어슬렁거려서 무서웠거든? 빨리 돌아가서 그 두 사람을 달래줘."

아쿠아는 그렇게 말하고 나를 향해 걸어왔다.

그녀는 세레나 님을 약간 경계하며 다가오더니 내 손을 움켜잡으려 했고—.

……나는 그런 아쿠아의 손길을 피했다.

"…………어?"

아쿠아는 영문을 모르겠다는 듯 고개를 갸웃거리면서 나를 쳐다보았다.

그 모습을 본 세레나 님은 기뻐죽겠다는 듯이 어깨를 부들부들 떨었다.

그리고 웃음을 참으며 이렇게 말했다.

"이 남자는 말이지……. 이제 너희 곁으로 돌아가지 않겠대. 즉, 내 동료가 된 거야. 카즈마, 내 말 맞지? 꼭두각시 상태를 풀어주는 포션이 이제 필요 없지? 자, 이 녀석한테 똑똑히 말해주라고!"

『세레나 님』이 그렇게 말하자, 나는—.

"나, 오늘부터 레지나 교도가 될 거야. 그러니 앞으로는 세레나 님과 함께 행동할래. 그렇게 됐으니까, 다른 애들에게도 내 말을 잘 전해줘."

9

내 앞에서 걷고 있는 세레나 님은 생각에 잠겨 있었다.

왜 저러는 걸까. 고민이라도 있는 걸까.

……바로 그때, 세레나 님이 걸음을 멈췄다.

그리고 나를 돌아보면서—.

"……어이, 너. 지금은 내 꼭두각시지? 내 말에 무조건 따를 거지?"

그런 불가사의하면서도 당연한 말을 입에 담았다.

나는 진지하기 그지없는 표정으로 세레나 님을 빤히 쳐다보며 대답했다.

"당연하죠, 세레나 님. 저는 세레나 님을 위해서라면, 그 무거워 보이는 가슴을 떠받쳐주는 1일 브래지어가 되라는 명령에도 기쁜 마음으로 따를 거예요."

"으, 응. 그, 그래……. 하지만 그런 바보 같은 명령은 내리지 않을 거니까 안심해. 지금까지 내가 만든 꼭두각시들은 레지나 교도가 되겠다는 소리를 하지 않았거든. 그래서 좀 마음에 걸렸을 뿐이야. 아무튼…… 신경 쓰지 마……."

세레나 님은 내 말을 듣더니 고개를 갸웃거린 후 걸음을 옮겼다.

이윽고, 희열을 참지 못하겠다는 듯 어깨를 부들부들 떨기 시작한 세레나 님은—.

"……해냈어."

나에게만 들릴 만큼 작은 목소리로 이렇게 말했다.

"카즈마, 너는 모를 거야! 내가 이 순간을 얼마나 기다렸는지! 레지나 님께서 홍마족 놈들에게 납치당해 봉인당한 바람에 내가 힘을 잃은 후, 마왕군에서 내가 얼마나 찬밥 신세였는지도 말이지!"

"몰라요."

"그래? 그럼 닥치고 내 말 잘 들어! 몇 년 전, 어떻게 된 건지 레지나 님의 봉인이 풀렸어. 덕분에 힘을 되찾았지. 그리고 얼마 전, 레지나 님께서 나에게 내려주신 힘이 폭발적으로 늘어났어! 분명 오랫동안 힘써온 나에게 레지나 님께서 가호를 내려주신 거야!"

"그냥 레지나 교도가 세레나 님 딱 한 명만 남아서 그렇게 된 거 아닐까요?"

"닥치고 내 말이나 들으라고 했지?! 나 지금 기분 좋으니까, 찬물 끼얹지 마!"

—레지나 교도가 되겠다고 말한 후…….

아쿠아는 엉엉 울면서 무슨 말을 늘어놓았지만 세레나 님은 의기양양한 미소를 지으며 나를 데리고 그 자리를 벗어났다.

참고로 바닐에게 받은 꼭두각시 상태를 풀어주는 포션은 아쿠아를 달래려고 건네줬다.

아쿠아는 그 포션이 뭔지 모르는 눈치였으나…….

나는 세레나 님의 경건한 부하가 됐으니까 이제 그런 위험한 물건은 필요 없다.

세레나 님은 아쿠아와 헤어진 후, 나라는 우수한 장기말을 손에 넣었으니 새로운 거점으로 옮기겠다고 말했다.

게다가 다른 꼭두각시를 지배하는 힘을 줄이고 그 대신 나를 지배하는 힘을 강화한 것 같았다.

지배의 용량 어쩌고 같은 말을 하면서 말이다.

한 번에 꼭두각시로 만들 수 있는 인원은 한정되어 있는 걸지도 모른다.

그리고 나를 지배하는 힘을 강화했다는 건 그 정도로 내 힘을 필요로 한다는 뜻이다.

나는 기분이 좋아 보이는 세레나 님에게 지금 꼭 알아둬야 할 점에 대해 물어봤다.

"그런데 세레나 님. 제가 꼭두각시에서 풀려나는 조건이 대체 뭐죠?"

내가 그렇게 말하자 앞장서서 걷고 있던 세레나 님이 그대로 우뚝 멈춰 섰다.

"……너, 진짜로 내 꼭두각시가 된 거 맞지? 그럼 왜 그런 걸 묻는 거야?"

세레나 님은 나를 쳐다보지도 않고 미심쩍은 음색으로 그렇게 말했다.

"아, 만에 하나라도 세레나 님의 지배가 풀리면 곤란하니까요. 제 꼭두각시화가 풀리는 걸 미연에 막기 위해서 물어보는 거예요."

나는 태연한 어조로 그렇게 말했고 세레나 님은 깜짝 놀란 표정으로 나를 돌아보았다.

그리고 양손으로 내 얼굴을 감싸더니 뚫어져라 쳐다보았다.

"……너……? ……으음, 너한테서는 레지나 님의 힘이 강하게 느껴져. 어떻게 된 거지? 혹시 지배의 힘을 너무 강화한 바람에 세뇌가 과하게 된 건가……? 꼭두각시라기보다, 직접 생각하며 행동하고 있는 것 같은데……. ……뭐, 좋아. 나로선 오히려 잘 된 거지. 앞으로도 그런 식으로 해달라고."

"물론이죠, 세레나 님."

내가 바로 대답하자 세레나는 만족한 것처럼 고개를 끄덕였다.

"좋아. 그럼 가르쳐주겠어. 이러면 네가 나한테 진 빚이 더 늘어날 테니까 말이야. ……우선, 나한테 진 빚에 대한 대가를 치르는 거야. 뭐, 이건 너도 이미 알고 있을 거야. 그리고 강한 신앙심에 의해서도 꼭두각시화가 풀릴 수 있어. ……저번에 내 팬티를 본 꼭두각시들이 한순간 정신을 차렸잖아? 그런 식으로, 자기가 믿는 신에게 무심코 감사하게 되는 행운이 찾아오는 것도 위험하지. 네가 어떤 신을 믿는지는 모르지만, 조심하라고."

"걱정하지 마세요. 제가 신앙하는 신은 레지나 님이니까요. 세레나 님과 욕실에서 마주쳐서 에로틱한 일이 벌어진다면, 레지나 님에게 진심으로 감사드릴 거예요."

“그, 그래……. 아, 무리는 하지 마. 신앙심을 지니지 않은 인간은 이 세상에 존재하지 않거든. 신을 신앙하지는 않더라도, 악마숭배자나 사신숭배자처럼 다른 걸 신앙할 거라고. 너는 레지나 님을 신앙하기 전에 누구를 신앙했지?”

“아, 무교였어요.”

“아하하. 그래. 무교였구나. 뭐, 말하기 싫으면 안 해도 돼. 앞으로 사이좋게 지내자고, 파트너.”

세레나 님이 나를 파트너라고 불러줬다.

앞으로 세레나 님을 위해 더욱 노력해야지.

“좋아. 오늘은 이 여관에 묵을까. 좀 비싸 보이지만, 때로는 이런 곳에 묵는 것도 괜찮겠지. 어이, 카즈마. 돈 내고 와.”

“거절한다.”

고급스러워 보이는 여관 앞에서…….

나는 세레나 님의 말에 딱 잘라 대답했다.

“……너 지금 뭐라고 했어?”

“싫다고 말했어요. 제가 돈을 지불했다간, 세레나 님께 진 빚을 갚는 게 될 테니까요. 그 바람에 꼭두각시화가 풀릴지도 몰라요.”

“아……, 그, 그래……. 어, 하지만, 어~? 뭐, 뭐, 좋아…….”

세레나 님은 뭔가를 고민하면서 지갑을 꺼냈다.

그리고 지갑 안을 살피더니—.

"앗! 맞아! 그러고 보니 바닐에게 전 재산을 털렸지~! 어이, 카즈마! 지금은 빚 같은 걸 신경 쓰지 말고, 네가 그냥 계산해! 다른 꼭두각시를 몇 명이라 해방시키고, 대신 너에 대한 지배력을 강화했잖아. 돈 좀 낸다고 꼭두각시화가 풀리지는……."

"안 돼요, 세레나 님! 방심은 금물이에요! 제가 아는 만화나 게임에 나온 악당 조직의 간부들은 하나같이 마지막에 가서 방심을 한 바람에 지고 말았다고요. 어쩔 수 없네요. 제가 이 근처에 있는 사람들한테서 돈을 조달해 오겠어요."

"마, 만화……? 게임……? 뭐, 뭐, 좋아. 어쩔 수 없지……. ……어라? 그런데 그래선 결국 네가 나한테 진 빚을 갚는 거 아냐……?"

세레나 님이 혼잣말을 중얼거리고 있는 사이, 나는 여관 앞에서 빈둥거리고 있는 모험가에게 다가갔다.

"저기, 잠시 실례할게요. 실은 세레나 님이 여관비가 없어서 곤경에 처하셨어요. 지지리 궁상에 생활 능력도 없는 불쌍한 세레나 님에게 부디 은혜를 베풀어주시지 않겠어요?"

"뭐어?!"

내 등 뒤에 있는 세레나 님이 깜짝 놀란 것처럼 경악했다.

한편, 눈앞에 있는 남성 모험가는 한 치의 주저도 없이 지갑을 꺼냈다.

"세레나 님이 곤경에 처하셨다고? 나만 믿어. 지지리 궁상인 세레나 님도……. ……세레나 님? 내가 왜 세레나 씨를 세레나 님이라고 부르는 거지? ……뭐, 좋아. 받아. 하아, 프리스트가 되어 가지고 동냥이나 하면 어쩌자는 거냐고. 세레나 씨, 좀 제대로 살아."

"아……, 저, 저기……. 죄송해요……."

세레나 님은 그 말을 듣더니 부끄러워하며 고개를 푹 숙였다.

그 남성 모험가는 돈 몇 푼을 건네준 후 어딘가로 사라졌다.

아무래도 방금 그 남자는 세레나 님의 신도 중 한 명이었던 것 같았다.

방금 일 때문에 꼭두각시 상태에서 풀려난 것 같지만 문제될 건 없다.

세레나 님에게는 내가 있으니까.

"아…… 아아……. 저 녀석, 꽤 실력이 좋은 모험가인데……. 어쩔 수 없지. 어이, 카즈마. 가자. 그 돈으로 빨리 방을 잡아."

"알았어요. 하지만, 그 전에……."

어찌된 건지 세레나 님이 피곤해 보였다.

나는 방을 잡기 전에 세레나 님의 풍만한 가슴을 움켜쥐었다.

그리고 그대로 아무 말 없이 주물러댔다.

"""…………."""

나는 얼이 나간 세레나 님과 시선을 마주했다.

폭신폭신한 가슴을 주물럭거리면서 말이다.

잠시 후, 세레나 님이 내 손을 쳐냈다.

"너너너너, 너어?! 어, 자, 잠깐만! 뭐하는 거야? 대, 대체 뭘 하는 거냔 말이야!"

패닉 상태가 된 세레나 님이 남들의 시선을 개의치 않고 고함을 질렀다.

"진정하세요, 세레나 님. 남들이 쳐다봐요."

"그건 내가 할 말이야! 그래, 남들이 쳐다보고 있거든?! 너, 대체 무슨 짓을 하는 거야?! 왜 갑자기 내 가슴을 주무른 건데?!"

세레나 님은 이상한 소리를 했다.

"무슨 소리를 하는 거예요. 저는 세레나 님을 위해 돈을 조달했잖아요? 즉, 제가 세레나 님에게 진 빚이 줄어든 거죠. 그러니 세레나 님이 대가를 치르지 않는다면 저한테 걸린 꼭두각시화가 풀릴 거예요. 하지만 세레나 님은 돈이 없죠. 그러니 몸으로 대가를 치를 수밖에 없는 거예요."

"?!?!?!?! 그, 그래? 어, 좀 이상하지 않아? 아까 모험가는 나한테 돈을 준 거라고 생각했는데……. 나는 경멸에 찬 시선을 받았거든? 게다가 저 남자가 꼭두각시 상태에서 벗어났으니까, 내가 자력으로 돈을 조달한 거나……. ……어라~?"

나는 영문 모를 소리를 늘어놓는 세레나 님을 내버려둔 후, 방금 받은 돈을 들고 여관에 방을 잡으러 갔다.

"—휴우. 비장의 카드를 손에 넣은 줄 알았는데……. 뭐가 어떻게 된 건지 영 모르겠네."

세레나 님이 한숨을 내쉬며 두 눈을 감더니 침대에 벌러덩 드러누웠다.

왜 저러지. 고민이라도 있는 걸까.

세레나 님이 피곤해 보였다.

어깨라도 주물러드리는 편이 좋을까.

"세레나 님, 피곤해 보이는데 어깨라도 주물러 드릴까요?"

"응? 그래? 그럼 미안하지만……."

세레나 님이 감고 있던 눈을 한쪽만 뜨더니—.

"……어이. 네가 왜 이 방에 있는 거야?"

……그런 이상한 소리를 입에 담았다.

"그야 아까 받은 돈으로는 방을 하나밖에 잡지 못했으니까요. 아, 저는 침대가 좁아도 괜찮으니 신경 쓰지 마세요."

"어떻게 신경을 안 쓰냐! 나는 신경이 쓰이거든?! 너 대체 뭐야?! 왜 아무렇지 않게 내 옆에 누우려고 하는 건데?! 너는 여자를 상대할 때 좀 더 미적대는 애일 줄 알았거든?!"

"세레나 님이 저에게 명령했잖아요. ……이제 참을 필요 없어. 양심을 버려. 상식을 버려. 인내심을 버려. 도덕을 버려…… 하고요. 저는 그 말에 따르고 있을 뿐인데요. 왠지 다시 태어난 기분이에요."

"그 말 때문이냐아아아아아아앗~!"

세레나 님이 침대 위에서 벌떡 일어나더니 머리를 감싸 쥐었다.

그리고 지칠 대로 지친 어조로 말했다.

"……어이, 그 명령을 취소하면 나는 너한테 큰 빚을 지는 거지?"

"세레나 님이 마음의 리미터를 풀어주신 덕분에, 저는 현재 인생을 꽤 만끽하고 있으니까요. 다시 자제하라고 한다면, 그 대가는 세레나 님의 가슴만으로는 충당할 수 없을걸요?"

"으으……."

세레나 님은 신음을 흘리면서 침대에 걸터앉더니 머리를 감싸 쥐었다.

"저기……. 내가 왜 네가 잘 곳까지 마련해줘야 하는 거야? 자기가 잘 곳 정도는 직접 확보해……. 다른 꼭두각시들은 직접 마련하거든?"

"저는 그들과 처지가 다르니까요. 세레나 님 탓에 저는 집에 돌아갈 수 없게 되었어요. 그러니 세레나 님이 제 의식주를 책임져 주셔야 하지 않겠어요?"

내가 그렇게 말하자—.

"으윽……! 뭐, 좋아. 너를 우리 편으로 만들었으니, 이미 이긴 거나 다름없거든. 이제부터 마음껏 부려먹어 주지! 내일부터 멋지게 활약해달라고!"

세레나 님은 주먹을 말아 쥐고 자기 자신을 향해 말하듯 그렇게 외쳤다.

# 제3장 이 꼭두각시에게 여신의 가호를!

## 1

○월 ×일

세레나 님이, 내 꼭두각시 상태는 어딘가 이상하다고 말했다.

우선, 내가 자기 말을 전혀 듣지 않는 것이 불만인 것 같았다.

순종적인 척 하지만 묘하게 반항적일 뿐만 아니라 사사건건 자기 일을 방해만 해댄다면서 불합리하게도 화를 내셨다.

그리고 내 마음 속을 파악하겠다며 오늘부터 일기를 쓰라는 명령을 내리셨다.

남의 일기를 읽으려면 그에 걸맞은 어마어마한 대가를 치러야 한다.

그래서 세레나 님은 매일 밤 자기 전에 나를 카즈마 님이라고 부르며 자기 가슴을 내 등에 비벼대기로 했다.

세레나 님은 소중한 무언가를 잃은 표정을 짓고 의기소침해졌다.

그건 그렇고 지금 내가 쓰는 이 일기를 세레나 님이 매일 읽는구나.

즉, 일기 내용을 통해 합법적으로 세레나 님에게 성희롱을 할 수 있다.

흥분되는걸.

이제부터 매일 밤, 일기 끄트머리에 관능 소설을 쓰기로 하자.

그럼 오늘부터…….

○월 △일

세레나 님이 관능 소설을 쓰지 말라고 나에게 말했다.

그런 불합리한 요구를 하려면 그에 걸맞은 엄청난 대가를 치러야 할 거라고 말하자, 혀를 차며 포기했다.

금방이라도 울음을 터뜨릴 듯한 세레나 님의 얼굴은 정말 멋졌다.

오늘 쓸 관능 소설의 주인공을 세레나 님으로 삼아야겠다.

세레나 님은 내 꼭두각시 상태가 정말 이상하다고 말했다.

이렇게 유창하게 말을 늘어놓는 것 자체가 말도 안 된단다.

……뭐, 그것보다 일기나 계속 써야겠다.

자, 뭐라고 쓸까…….

『이걸 쓰고 있는 내 등에 부드러운 물체가 닿았다. 그렇다. 실오라기 하나 걸치지 않은 세레나 님이 내 등에 자신의 풍만한 가슴을 비벼대고 있는 것이다. 「카즈마 님~. 저, 더는 못 참겠어요……」. 하아……. 나는 어리광을 부리며 올려다보고 있는 세레나 님을 감싸 안고…….』

어이쿠. 뭐하는 거예요, 세레나 님. 남의 일기를 훔쳐보고 열 받아서 날뛰지 말라고요.

어마어마한 대가를 치르게 될지도 모른단 말이에요.

○월 ○일

세레나 님이 자기가 등장하는 관능 소설을 쓰지 말아달라며 울먹거리면서 애원했다.

그런 불합리한 요구에는 막대한 대가가……까지 말한 순간, 두들겨 맞았다.

하지만 바로 그때, 불가사의한 현상이 발생했다.

나를 때린 세레나 님의 몸에 나와 똑같은 상처가 생긴 것이다.

세레나 님은 경악한 나머지 패닉 상태에 빠졌다. 그리고 나를 때린 대가로, 속옷 차림으로 깍지 낀 손을 뒤통수에 대고 스쿼트를 100번 정도 하게 했다.

젠장, 젠장 하고 중얼거리면서도 울상을 지은 채 땀을 줄줄 흘리며 스쿼트를 하고 있는 세레나 님은 아름다웠다.

다음에는 내가 보는 앞에서 팔굽혀펴기를 하라고 해야겠다.

△월 ×일

엄청난 사실이 발각됐다.

일전에 홍마의 마을에서 우리가 쓰러뜨렸던, 모구닌닌이라는 어이없는 이름을 지닌 그 닌자 머신의 폭주에 세레나 님이 관여했던 것이다.

예전에 모구닌닌을 자신의 꼭두각시로 만들려고 했지만 너무 강한 나머지 완전히 지배하지 못했고, 결국 폭주만 시킨 채 방치시켰다고 한다.

즉, 나는 세레나 님 탓에 죽을 뻔 했던 것이다.

그렇다면, 세레나 님은 나에게 막대한 빚을 진 게 아닐까?

나는 세레나 님이 진 빚을 상쇄시키기 위해 일단 세레나 님의 머리를 주먹으로 때렸다. 머리를 움켜쥐며 웅크린 세레나 님은 왜 자기가 두들겨 맞았는지 이해 못하는 표정을 지었다.

그리고 옆에 있는 나 또한 머리를 움켜쥐며 몸을 웅크렸다.

울상을 지은 채 혼란스러워하는 세레나 님의 모습은 정말 사랑스러웠다.

×월 ×일

세레나 님이 울상을 짓고 돌아오셨다.

꼭두각시를 늘려서 돈을 벌 생각으로 길드에 갔더니 바닐 자식이 세레나 님에게 시비를 걸었다고 한다.

상담 업무는 자신의 일거리이므로, 세레나 님이 자신의 밥그릇을 앞으로도 계속 빼앗으려 든다면 자기도 생각이 있다는 식으로 협박을 한 것 같았다.

바닐을 거북해 하는 세레나 님은 허락 없이 일거리를 빼앗은 것에 대한 배상금을 청구 당했고, 결국 또 무일푼이 되고 말았다.

그래서 오늘 쫄쫄 굶게 된 세레나 님이 울먹거리면서 나에게 그런 이야기를 늘어놓았다.

그런 안타까운 모습을 보면서 먹는 불고기 전골은 정말 꿀맛입니다.

△월 ○일

메구밍과 아쿠아, 다크니스가 나를 찾고 있는 것 같다.

그러고 보니 나에게는 내 안위를 걱정해주는 멋진 동료들이 있었다.

그 사실을 방에서 부업을 하고 있는 세레나 님에게 알려준 후, 내가 돌아가는 것을 원치 않는다면 더 나은 대가를 치르라고 말했다.

세레나 님은 자기가 내 숙박비를 벌기 위해 고생하고 있는데 왜 이런 어리광을 부리냐고 말하더니 결국 울음을 터뜨렸다.

모험가 길드에서의 상담 아르바이트도 못하게 된 세레나

님은 여기보다 허름한 여관으로 옮겨도 되겠냐고 나에게 물었다.

내 명의로 된 저택에서 유복한 생활을 해온 나를 여기보다 더 허름한 여관에 머물 게 할 거면 그에 상응하는 대가를…… 하고 말하자, 세레나 님은 아무 말 없이 부업을 재개했다.

실력 좋은 프리스트니까 모험가로서 일을 하면 되지 않느냐고 물었지만, 모험가 카드의 직업란에 다크 프리스트라고 적혀 있기 때문에 의뢰를 받을 수 없다고 했다.

그래서 지금까지 길드 측의 보수를 받지 않은 것 같았다.

그리고 마왕군이 이 마을에 쳐들어오는 건 한참 후의 일인 것 같았고, 그녀는 그때까지 이 마을에 머물러야만 한다.

마을이 습격 받았을 때 나와 다른 꼭두각시가 내부에서 그들을 돕는 것이다.

세레나 님은 내 저녁 식사인 고급 고기구이 정식을 부러움에 찬 눈길로 응시했다.

물론 나는 이걸 세레나 님에게 나눠줄 생각이 없다.

그런 짓을 해서 세레나 님에게 진 빚을 갚았다간 내 꼭두각시 상태가 풀리기 때문이다.

그렇다. 나는 이대로 계속 빚을 져서 이윽고 세레나 님의 충실한 오른팔이 되고 말 것이다.

그런 세레나 님의 오늘 식사는 옥수수수프 한 잔이었습니다.

□월 ○일

세레나 님과 여관에서 지내기 시작한 후로 며칠이 지났다.

요즘 들어 세레나 님이 핼쑥해지기 시작했다.

매일같이 사치를 부리는 나를 먹여 살리기 위해 여러모로 고생하는 것 같았다.

하지만 내 리미터를 푼 사람은 바로 세레나 님이다.

이것만은 어쩔 수 없다.

꼭두각시가 된 모험가들에게서 돈을 빌린 바람에 꼭두각시 상태가 풀렸고, 이제 충실한 부하는 나뿐인 것 같았다.

요즘 들어 세레나 님은 모험가에게 팬티를 보여줘서 꼭두각시로 만든 후에 돈을 빌리는 장사를 시작했으며 그 바람에 경찰에게 혼쭐이 나기도 했다.

풍속영업에 관한 법률 어쩌고 같은 설교를 듣고 번 돈을 전부 몰수당한 세레나 님은 거의 한계에 이른 것 같았다.

나에 대한 대가를 몸으로 치러도 된다고 말하자, 세레나 님은「네가 자비로 숙박을 하게 된다면, 그 대가로 내가 뭘 하면 돼?」라고 나에게 물었다.

나는 세세하게 설명을 해줬고 세레나 님은 이상한 소리를 했다.

내 꼭두각시 상태를 풀어줄 테니 어디든 가버리라고 말한 것이다.

저번에 세레나 님은 분명 말했다.

진심으로 따르기 싫은 명령에는 저항할 수 있다고…….

극심한 고통을 견디며 전력으로 그 명령에 저항하자 세레나 님이 묘한 행동을 취했다.

왠지 불길한 예감이 들어서 뭘 하는지 물어보니 세레나 님은 내 꼭두각시화를 강제로 풀기 위해 열심히 기도를 드리는 중이라고 말했다.

아무래도 세레나 님은 미쳐버리고 만 것 같았다.

나는 세레나 님의 꼭두각시화 해제에 저항하기 위해, 진심으로 숭배하는 신께 기도를 드렸다.

위대하신 레지나 님, 저에게 힘을 주소서……!

×월 ○일

누군가가 우리가 묵는 여관방 창문에 돌을 던졌다.

범인은 전에 본 적이 있는 금발 아쿠시즈 교도 누님이다.

아무래도 레지나 신을 모시는 세레나 님이 이 마을에서 포교 활동을 하는 게 마음에 들지 않는 것이리라.

얼굴이 시뻘게진 세레나 님이 여관을 뛰쳐나갔지만 아깝게 놓친 것 같았다.

듣자하니 「팬티를 보여줘서 신자를 얻고 있는 매춘부!」라는 비난을 들었을 뿐만 아니라 말도 안 되는 소문도 듣고 있는 것 같았다.

아주머니들 옆을 지나갈 때마다 세레나 님은 손가락질을 당했고 그 바람에 꽤 열 받은 것 같았다.

내가 레지나 님의 평판을 떨어뜨리면 어떻게 하냐고 설교를 하니 세레나 님이 울음을 터뜨리면서 털썩 주저앉았다.

마음이 약해질 대로 약해진 세레나 님은 애절한 눈빛으로 나를 쳐다봤고, 나는 손을 살며시 움켜잡으며 고개를 끄덕였다.

「위로의 대가는 5천 에리스 혹은 가슴 주물럭이에요」.

○월 ×일

세레나 님이 요즘 들어 이상한 행동을 하기 시작했다.

나에게 별의별 명령을 내리려고 하는 것이다.

마치 나를 꼭두각시 상태에서 해방시키려는 것처럼 무모한 명령만 내려댔다.

경건한 레지나 신도이자 세레나 님의 우수한 수하인 나는 당연히 그 대가를 몸으로 치러달라고 요구했다.

내 꼭두각시화가 풀리면 세레나 님이 곤란할 것이다.

내가 신사적인 성희롱을 하자 세레나 님은 지칠 대로 지친 표정으로 내일은 나를 데리고 갈 곳이 있다고 말했다.

드디어 나와 선을 넘을 생각일까?

너무 기대가 되어서 잠이 오지 않았다.

내일은 몸을 구석구석까지 깨끗하게 씻어야겠다.

## 2

"…………."

세레나 님은 내가 쓴 일기에서 눈을 떼고 고개를 들었다.

그리고 일기를 덮더니 작게 한숨을 내쉬었다.

"오늘은 너를 예전의 프리스트 일행에게 반품하러 갈 건데……."

"사양할게요."

나는 주저 없이 그렇게 답했고 세레나 님은 땅이 꺼져라 한숨을 내쉬었다.

세레나 님은 처음 만났을 때에 비해 꽤 핼쑥해졌다.

그와 달리, 내 얼굴은 반들반들했다.

이 며칠 동안의 충실한 나날 덕분이리라.

바로 그 때, 세레나 님이 아무 말 없이 내 손을 움켜잡았다.

또한, 다른 한손으로 이쑤시개를 쥐고 있었다.

그리고—.

"윽?!"

세레나 님은 그 이쑤시개로 내 손가락 끝을 찔렀다.

그러자 내 손가락 끝에서 새빨간 액체가 흘러나왔다.

그리고 세레나 님의 손가락 끝에서도 피가 배어나오더니 방울져서 바닥에 떨어졌다.

"……너, 진짜로 무교였구나. 진짜로 레지나 님의 신도가 된 거지?!"

세레나 님이 새파랗게 질린 얼굴로 그렇게 말했다.

이제 와서 무슨 소리를 하는 거지?

그리고 내가 레지나 교도가 되면 문제가 생기는 걸까.

"제가 전부터 무교라고 이야기했었잖아요. 그리고 레지나 님을 믿는다고도 말했거든요?"

"이 세상에 무교인 녀석이 있을 리가 없다고! 신이든, 사신이든, 악마든! 이 나라 사람은 반드시 그 중 하나를 마음의 버팀목으로 삼는단 말이야!"

"하지만 저는 이 나라의 인간이 아니거든요. 그리고 우리 나라에서는 그게 드문 일이 아니에요. 특정 종파에 속하지 않은 사람이 잔뜩 있다고요."

"뭐?!"

세레나 님이 깜짝 놀란 표정을 짓고 숨을 삼켰다.

"저, 정말이야?!"

"정말이고말고요. 아……, 무교와는 좀 다를지도 모르겠네요. 연말에는 특정 종파 교주의 생일을 대부분의 국민들이 성대하게 축하하고, 그 달의 끄트머리에는 다른 종파의 연말 행사 때 치는 종소리를 들으러 가요. 그리고 새해가 되면 신도(神道)라는 종파의 풍습에 따라 한 해 건강을 기원하러 종교 시설에 가죠."

"너희 나라는 프리스트에게 시비를 걸려고 작정한 거야?"

원래 그런 곳인 걸 어떻게 하냐고요. 세레나 님은 관자놀이를 손가락으로 누르면서 한숨을 내쉬었다.

"어떻게 한다……. 네 꼭두각시화를 대체 어떻게 해제하냐고. 빚을 갚게 하려고 해도 한사코 거절하지, 여관방에서 나가라는 명령을 내려도 고통을 참으며 격렬하게 저항하잖아. 그렇다고 확 없애버리려 해도, 레지나 님의 신도가 된 너를 건드렸다간 복수의 저주가……."

경건한 레지나 신도인 나에게 무슨 그런 무시무시한 소리를 하냐고.

"으으, 젠장! 어쩌면 좋지?! 어떻게 하면 좋냐고……! 어이, 대체 어떻게 하면 너는 나한테서 떨어질 거야?"

"세레나 님이 따라오라고 한 바람에, 저는 동료들과의 관계도 전부 엉망진창이 되어버렸을 거예요. 그러니 세레나 님이 책임지고 저를 먹여 살려 주시지 않으면 곤란—."

"아아아아아아앗~! 안 들려, 안 들린다고! ……아, 맞아! 너, 바닐한테서 금단의 포션 시리즈와 함께 꼭두각시 상태를 해제해주는 포션도 한 개 받았지?! 그건 어떻게 했어?!"

그렇게 말한 세레나 님이 울상을 지으면서 나에게 매달렸다.

그건 분명—.

"제 동료 중에 온갖 액체를 맹물로 바꾸는 힘을 지닌 아쿠아라는 프리스트가 있는데, 그 애한테 줬……."

“아아아아아앗~! 하필이면! 하필이면!! 하필이면, 왜 그런 힘을 지닌 녀석한테……!”

세레나 님이 엉엉 울면서 여관방을 뛰쳐나갔다.

“어쩌다 이렇게 된 거지……?! 일이 잘 풀리고 있었는데, 대체 언제 실수를 한 거냐고! 젠장, 다 되어갔는데……! 이 마을 모험가의 꼭두각시화가 조금만 더 진행됐으면, 준비도 완료됐을 텐데……! 대체 언제 실수를 한 거냔 말이야!”

세레나 님은 울먹거리면서 푸념을 늘어놓았다.

나는 그런 그녀의 뒤를 쫓으며 말했다.

“걱정하지 마세요, 세레나 님. 제가 있잖아요.”

“네가 이 모든 일의 원흉이잖아아아아아아아~!”

앞장서서 뛰어가던 세레나 님의 인내심이 완전히 바닥난 건지, 느닷없이 나에게 달려들었다.

“네가……! 네가 눈곱만큼도, 내 말을 안 들으면서, 순 억지만 부리니까……! 으그그그그극……!”

“으그극……! 세, 세레나 님, 제 목을 조르면 세레나 님도……!”

나에게 달려들어 그대로 목을 졸라대던 세레나 님은 고통스러워하다가 내 목에서 손을 뗐다.

“젠장……! 젠장……! 빌어먹을……! 어째서야……! 어째서 너는 이렇게 간단히 레지나 교도가 된 거냐고……! 모시는 신을 정하는 건 평생을 좌우하는 거니까, 잘 생각을 해보고 종교를 정하란 말이야……!"

세레나 님이 내 가슴을 주먹으로 몇 번이나 때리더니 그대로 무너지듯 지면에 주저앉았다.

목소리가 떨리는 건 울고 있기 때문일까.

"그게, 제가 살던 곳에는 다양한 종교가 있거든요……. 애초에 제 고국에는 8백만이 넘는 신이 있다고 일컬어져요. ……그래서 다들 가벼운 마음으로 신자가 되죠. 그러고 보니 하늘을 나는 스파게티 몬스터교 같은 것도 있대요."

"나는 네 고국이 싫어……. 완전 질색이야……."

지면에 주저앉은 세레나 님이 얼굴을 손으로 가린 채 떨리는 목소리로 그렇게 말했다.

나는 그런 세레나 님의 치맛자락을 들쳤다.

아까 내 목을 조른 것에 대한 대가를 받아야 하거든.

"……검은색을 참 좋아하는군요."

"……으아아아아아아아아아앗~!"

세레나 님이 울먹이면서 벌떡 일어서더니 치마를 움켜쥔 내 손을 쳐냈다.

"네 저택에 가자! 따라오지 말라고 해도 어차피 따라올 거지? 빨리 따라와!"

"그건 명령인가요? 그럼 그에 걸맞은 대가를……."

"그럼 따라오지 마!"

"혼자서 쓸쓸히 방에 처박혀 있으라고요? 그럼 내가 엄청 심심할 테니까, 그에 걸맞은 대가와 사과를—."

"이제 아무 말도 하지 마! 닥치고 있으란 말이야! 지금의 너와 이야기를 했다간 내가 미쳐버릴 것 같아!"

세레나 님이 남들의 시선을 개의치 않고 고함을 지르더니 내 저택을 향해 뛰어갔다.

요즘 들어 기행을 일삼은 탓인지 세레나 님을 향한 이 마을 주민들의 눈길이 애처로워졌다.

항간에서는 세레나 님이 팬티를 보여주고 다니는 색골이란 소문까지 돌고 있는 것 같았다.

왜 그런 사태가 벌어진 건지는 모르겠지만 정말 안 됐다.

세레나 님은 이제 본성을 숨기려고도 하지 않고 필사적인 표정으로 마을 안을 질주하더니 이윽고 그리운 내 저택에 당도했다.

세레나 님은 숨을 고르지도 않은 채 저택의 문에 매달려서—.

"문 열어~! 어이, 있지? 빨리 열라고~! 너희의 소중한 동료를 반품하러 왔단 말이야! 빨리 열어!"

그렇게 목청껏 고함을 질러대며 현관문을 두드려댔다.

하지만 아무도 나와 보지 않았다.

아무래도 저택에 사람이 없는 것 같았다.

"젠장! 하필이면 이럴 때……! 어이, 가자! 그 자식들, 길드에서 노닥거리고 있겠지?!"

세레나 님은 그렇게 말하고 뛰어갔다.

……나는 세레나 님의 뒤를 따르면서 저택 쪽을 쳐다보았다.

………….

쓸데없이 크고, 지금은 아무도 없어 적막감이 감도는 저택이 눈에 들어왔다.

그것을 보니 왠지 누군가가 뒤통수를 당기는 듯한 느낌이—.

"어이! 뭐하는 거야?! 네가 없으면 죽도 밥도 안 된단 말이야! 빨리 따라와……!"

세레나 님이 자신을 따라오지 않는 나를 돌아보고 짜증 섞인 어조로 재촉했다.

아까는 따라오지 말라고 했으면서 말이다. 정말 어수선한 사람이다.

내가 다시 저택을 돌아보니—.

…………어?

"어이, 빨리 따라오란 말이야! 너는 왜 내 말을 죽어라 안 듣는 건데?!"

"저기, 세레나 님. 방금 저택 창가에 여자애가 있지 않았나요……?"

한순간의 일이었다.

저택 2층 창가에 딱 붙어 있는 금발 여자애가 보인 것 같았다.

그 녀석들, 저런 여자애를 저택에 머물게 할 거면 나한테

보고를 하라고. 그러면 나도 돌아갈 마음이 들었을 거란 말이야.

"그런 애가 대체 어디 있다는 거야?! 뭐? 여자애? 너, 드디어 보이면 안 되는 게 보이기 시작한 거 아냐? ……어, 이 저택에서 고스트 냄새가 나네……? 그러고 보니 너는 레지나 님의 가호 덕분에 프리스트의 기초적인 능력까지 갖췄지……. 뭐, 그런 건 아무래도 상관없어! 자, 빨리 따라오기나 해!"

……어?

나는 의문을 느끼고 다시 저택을 돌아보았다.

하지만 아까 언뜻 본 듯한 금발 여자애의 모습은 이제 보이지 않았다.

……왠지 엄청 신경이 쓰였다.

발걸음이 떨어지지 않는다고나 할까, 오랫동안 함께 지냈던 누군가가 쓸쓸히 나를 쳐다보고 있는 느낌이…….

나는 고개를 갸웃거리며 저택을 한 번 더 돌아본 후, 세레나 님의 뒤를 따라 내달리기 시작했다.

### 3

"뭐? 마을 밖?"

"이 시간대에 저택에 없다면, 아마 틀림없을 거예요."

세레나 님은 모험가 길드로 뛰어 들어갔다.

그리고 아쿠아 일행이 길드 안에 없자 그대로 밖으로 뛰쳐나가려 했다.

"대체 뭘 하러 마을 밖에 나간 건데? 밖에 뭐가 있기라도 한 거야?"

"그런 건 아닌데, 우리 파티의 마법사가 일과를 해야 하거든요. 아마 그것 때문에 다 같이 마을 밖으로 나갔을 거예요. 항상 이 시간에 일과를 하러 갔어요."

나의 대답을 듣고 몸에서 힘이 쭉 빠진 세레나 님은—.

"그런 건 빨리 말하란 말이야아아아아아아!"

길드 안에서 남들의 시선을 개의치 않으며 고함을 질렀다.

아무래도 한계에 도달한 것 같았다.

하지만 그것보다…….

"세레나 님. 길드에 온 김에 뭐라도 먹고 가죠."

내가 그렇게 말하고 근처에 있는 테이블에 앉자 세레나 님은 원망에 찬 눈길로 나를 노려보았다.

"……돈은 안 낼 거야. 이제 너한테 빚을 지울 필요가 없거든."

"저기요~. 메뉴의 여기에서 여기까지 적혀 있는 요리를 전부 주세요. 아, 그리고 음식 값은 이 사람 앞으로 달아놔요."

"안 내! 나는 안 낼 거라고! ……아. 저는……, 저는 물만 주세요……."

점원 앞이라 다시 고상한 말투로 물만 부탁한 세레나 님이 안절부절못하며 나에게 말했다.

"어이……! 너, 동료들이 마을 밖 어디쯤에 있는지도 알고 있지? 빨리 말해. 내가 잠시 갔다 올게. 그동안 너는 여기서 밥을 먹고 있으면 되잖아."

"싫어요. 세레나 님을 혼자 보낼 수는 없거든요. 제 동료 중에는 정신이 나갔다는 소리를 듣는 아크 위저드를 필두로 해서, 실력으로 세레나 님을 능가할지도 모르는 프리스트, 그리고 맷집 말고는 전부 별 볼일 없는 여자애도 있어요. 그 광견 같은 녀석들이 세레나 님의 말에 순순히 따를 리가 없어요. 마을 밖에서 마주친다면 분명 전투가 벌어질 거예요."

세레나 님은 내 말을 듣고 잠시 생각에 잠겼다.

이윽고—.

"……좋아. 주문한 음식을 다 먹고 나면 나를 따라와. 마을 밖에서만 써먹을 수 있는 수단이 있거든. ……오늘이야말로, 너에게 제대로 된 일거리를 주겠어."

세레나 님은 고개를 들더니 그렇게 말한 뒤 자신만만한 미소를 지었다.

"—세레나 님, 왜 이렇게 늦은 거예요? 제가 얼마나 기다렸는지 알아요? 세레나 님이 저한테 한 턱 쏘신 덕분에 빚을 지게 됐는데, 너무 오래 기다린 바람에 플러스마이너스 제로가 되어버렸다고요."

"……너, 너…… 너, 이 자식……."

내가 지면에 털썩 주저앉아서 그런 소리를 하자 세레나 님은 지칠 대로 지친 표정을 짓고 고개를 푹 숙였다.

이곳은 마을 밖에 있는 공동묘지다.

식사를 마치고 묘지에 갈 거라기에 나는 주문한 음식을 대충 먹은 후 혼자서 먼저 이곳에 와 있었다.

요즘 들어 제대로 된 걸 먹지 못한 세레나 님에게 내가 먹다 남긴 잔반을 나눠드리자는, 그런 갸륵한 충성심을 발휘한 것이다.

세레나 님에게는 화장실에 간다고 말한 뒤 길드 직원에게 전언을 부탁하고 몰래 밖으로 나갔는데—.

"맛있었나요?"

"그래, 맛있었어! 돈이 없어서 이 시간까지 설거지를 해야 하는 처지가 아니었다면 더 맛있었겠지!"

세레나 님은 울먹거리며 그렇게 외쳤다.

"너와 잡담이나 나눌 시간은 없어. 자, 카즈마! 이 무덤에 잠들어 있는 시체를 파내. 꼭두각시로 만들어서 내 병사로 삼는 거야. 나는 이쪽에 있는 무덤을 팔 테니까, 너는 저쪽에 있는 무덤을 파."

"저기요. 신앙 상의 이유로, 부처님에게 천벌 받을 짓거리를 할 수는 없는데요."

"너는 레지나 교도잖아! 뭐?! 신앙 상의 이유!? 시체를 만지기 싫은 거면 그냥 솔직하게 말해! 아무튼 빨리 해! 어리광부리지 마! 제대로 일 좀 해보라고!"

"절대 못해요."

시체를 파내? 절대 무리다.

내가 극심한 고통을 참으면서 진심으로 그 명령을 거부하자 세레나 님은 결국 울상을 짓고 포기했다.

"젠장, 이제 됐어! 너는 저쪽에서 가만히 있어!"

세레나 님은 울먹거리며 한손에 쥔 삽으로 무덤을 파헤치기 시작했다.

세레나 님이 설거지 일을 하고 온 바람에 어느새 저녁때가 되었다.

지금쯤이면 그 녀석들도 저택으로 돌아가지 않았을까.

즉, 시체를 꼭두각시로 만들어봤자 마을로 돌아간 아쿠아 일행을 습격하는 건 어렵다.

이제 와서 시체를 파내어 꼭두각시로 만들어봤자 마을 안에서는 써먹을 수 없을 거라고 말할까 했지만, 세레나 님에게 유리한 조언을 했다간 빚을 갚은 게 된다.

나는 마음을 독하게 먹고 땀범벅이 되어가며 무덤을 파헤치고 있는 세레나 님을 지켜봤다.

"하아……, 하아……! 조, 좋아…… 시체를 하나 파냈어! 이제 이 녀석을 이용해 무덤을 파면 돼……. 『마리오네트』!"

"하지만 꼭두각시 포인트가 부족했다."

"윽?!"

세레나 님은 내 말을 듣더니 화들짝 놀라서 나를 돌아보았다.

그리고 방금 파낸 시체 또한 꼼짝도 하지 않았다.

"어, 어이! 꼭두각시 포인트가 뭐야?! 이게 대체……."

세레나 님은 그렇게 중얼거리더니 곧 뭔가를 깨달은 것처럼 퍼뜩 고개를 들고 손뼉을 쳤다.

"꼭두각시 포인트란 건, 너에게 쏟고 있는 지배력을 말하는 거지?! 멋대로 이름을 붙이지 마! 어이, 카즈마! 저항하지 마. 이제부터 너에게 쏟고 있는 지배력, 네가 나한테 진 빚을 약간 줄일 거야. 잘 들어. 진짜로 저항하지 말라고! 마음 같아서는 네 지배를 풀고 싶지만, 그러려고 하면 네가 훼방을 놓을 게 뻔하지. 그러니까 잘 들어. 이번에 네 지배를 약화시키려는 건 다른 꼭두각시를 늘리기 위해서야. 그러니까 저항하지 말라고."

"그렇게 차근차근 설명한다는 건, 코미디언 특유의 자폭 개그라고 생각하면 될까요?"

"아냐! 잘 들어. 절대 저항하지 마. 간다……! …………내가 저항하지 말랬지?! 너는 내 꼭두각시잖아! 제발 내 말 좀 들으란 말이야!"

나는 몸 안에 깃들어 있는 세레나 님의 힘이 밖으로 빠져나가는 것에 격렬하게 저항했다.

내가 있으니 다른 꼭두각시는 필요 없다.

세레나 님은 울상을 지은 채 자기 말을 한사코 듣지 않는 내 멱살을 움켜쥐었다.

"으그극, 제, 제 말 좀 들어보세요, 세레나 님……! 세레나 님이 설거지와 무덤 훼손에 열을 올리며 시간을 낭비한 바람에, 벌써 저녁때가 되었어요……. 그 녀석들, 아마 지금쯤이면 집으로 돌아갔을……."

"그런 건 빨리 말해애애애! 내가 누구 때문에 설거지에, 무덤을 직접 파헤치기까지 한 건데……! 젠자아아아앙!"

세레나 님은 흘러내리는 눈물을 닦지도 않고 다시 내 저택을 향해 뛰어갔다.

—세레나 님은 지칠 대로 지친 것 같았다.

미녀의 노곤한 표정은 꽤 봐줄만 하다는 생각이 들었다.

그런 세레나 님이 내 저택의 문을 힘없이 두드렸다.

아무래도 말을 할 기력도 없는 것 같았다.

잠시 후, 굳게 닫힌 문 너머에서 목소리가 들렸다.

"이 시간에 누구죠? 외판원이라면 그냥 가주세요. 그리고 종교 권유도 사양할게요."

그것은 오랜만에 듣는 아쿠아의 시치미 떼는 목소리였다.

"여어, 나야. 너희의 소중한 동료를 돌려주러 왔어."

세레나 님이 그렇게 말하자 잠시 동안 정적이 흘렀다.

그리고 문이 아주 약간만 열렸다.

아쿠아가 문틈으로 밖을 쳐다보고 입을 열었다.

"……카즈마 씨를 말이야? 정말? ……정말이야?"

아쿠아는 머뭇거리며 문틈으로 나를 쳐다보았다.

그런 아쿠아의 뒤편에서 덜컹 하면서 큰 소리가 들렸다.

또한 허둥지둥 이쪽으로 뛰어오는 누군가의 발소리도 들렸다.

세레나 님은 내 귓가에 얼굴을 대고 작은 목소리로 속삭였다.

"잘 들어. 일이 성가셔질 수 있으니 입 다물고 있으라고. 얌전히 있으면 여관에 돌아간 후에 네가 만족할 만한 대가를 제공해주지."

"그러지 말고 지금 바로 이 자리에서 제공해주세요."

세레나 님은 분해 죽겠다는 듯 이를 갈았지만 곧 마음을 다잡고 당당히 섰다.

이윽고 현관문이 열리더니 우물쭈물하고 있는 아쿠아의 뒤편에 메구밍과 다크니스가 나타났다.

두 사람은 나를 보자마자 표정이 환해졌다.

그리고—.

"…………그 남자가 대체 뭘 하고 있는 건지 물어봐도 될까요?"

메구밍이 진지한 표정으로 그렇게 말했다.

그 남자라는 건 물론…….

"이 녀석은 신경 쓰지 마. 솔직하게 말하자면, 이런 걸 반품하러 온 거야."

세레나 님의 옆에 털썩 주저앉아서 당당히 치마를 들치고 팬티를 감상하는 나를 말하는 것이리라.

세레나 님 이외의 세 사람은 그런 나를 망연자실한 눈길로 쳐다보았다.

뚫어져라 팬티를 쳐다보고 있는 나에게서, 차마 못 볼 것을 봤다는 듯 눈을 돌린 메구밍이 분노에 사로잡힌 채 앞으로 나섰다.

"……카즈마에게 대체 무슨 짓을 한 거죠? 얼간이인 이 남자가 이렇게 당당히 성희롱을 할 리가 없어요. 성희롱에 환장한 남자지만, 매번 불가항력을 가장하거나 별의별 이유를 댔죠. 저에게 성희롱을 할 때는 온갖 같잖은 수단을 동원하던 카즈마가 이런……."

나는 메구밍이 끝까지 잇지 못한 말이 신경 쓰였다.

이런…… 뭐?

"……내가 과감하게 안겼을 때도 겁먹고 아무것도 못하는 얼간이 같은 면이, 이 남자의 못난 부분이자 멋진 부분이기도 했지. 네 녀석이 수상하다는 건 예전부터 알고 있었다.

대체 무슨 짓을 한 거지? 그리고 최근 며칠 동안 카즈마와 네 녀석에 대한 이런저런 소문을 들었다. 겨우 길들였던 카즈마를 왜 돌려주려는 거지? 내체 뭘 꾸미고 있는 것이냐? 이 남자의 이런 안타까운 모습은…… 이런…… 이런……."

이런…… 뭐?

"……저기, 이런 카즈마 씨는 딱히 필요 없거든? 돌려줄 거면 원상 복귀를 시킨 후에 돌려줄래요? 남의 물건을 훔쳐가더니, 망가졌다고 반품하는 건 좀 너무하지 않아?"

마지막으로 아쿠아가 그런 소리를…….

나를 가지고 필요 없다는 둥, 망가졌다는 둥 같은 소리를 늘어놓는 이 녀석에게 해주고 싶은 소리가 산더미만큼 있었지만, 세레나 님이 내가 말하는 것을 금지했기 때문에 그럴 수 없었다.

아니, 팬티를 감상하느라 그럴 시간이 없었다.

한편, 세레나 님은 아쿠아를 향해 한손을 내밀더니—.

"거래를 하자. 이 남자를 원래대로 되돌려놓겠어. 그 대신, 내가 소중히 안아들고 있는 그 포션을 내놔. 그러면 이 남자를 원래 상태로 되돌린 후에 너희에게 넘겨주겠어."

세레나 님이 그렇게 말하자 아쿠아는 자기가 품에 안고 있는 포션을 지그시 쳐다보았다.

그리고—.

"사양하겠어요. 이건 말이지? 아직 멀쩡한 상태였던 카즈마 씨가 나한테 준 거야. 너 따위한테 이걸 넘겨줄 이유 같은 건 없어요. 이 포션은 어디에 쓰는 거야? 그 괴짜 악마는 뭐라고 했었어? 이걸 어떻게 쓸 건지 빨리 말해."

으득.

세레나 님이 어금니를 깨무는 소리가 들렸다.

아무래도 이 며칠 동안 나 때문에 고생을 하면서 인내심이 바닥나고 만 것 같았다.

세레나 님은 고개를 푹 숙인 채 낮은 목소리로 말했다.

"……내가 이렇게 참는 동안 시키는 대로 하는 편이 좋을 거야. 나를 깔보지 말라고. 이래 봬도 나는…………."

세레나 님이 말을 끝까지 잇기도 전에 아쿠아가 입을 열었다.

"이건 카즈마한테서 받은 소중한 물건이야. 절대 못 줘!"

"그래? 좋아. 그럼 교섭은 결렬된 거네. 확 죽어버려!"

세레나 님이 아쿠아를 손가락으로 가리키고 그렇게 외쳤다.

그 말을 들은 다크니스가 반사적으로 앞으로 나서며 아쿠아를 감쌌다.

"『데스』!"

날카로운 어조로 그렇게 외친 세레나 님의 손가락 끝이

빛나더니—!

"…………어라?"

세레나 님이 얼빠진 목소리를 낸 순간, 손가락 끝에 맺혀 있던 빛이 사라졌다.

"체포~!"

아쿠아와 다크니스가 손쉽게 세레나 님을 제압했다.

4

다크니스가 쓰러진 세레나 님 위에 올라타더니 꼼짝 못하게 제압했다.

다크니스는 갑옷을 입지 않았지만 프리스트인 세레나 님에 비하면 체중에서 압도적으로 앞선다.

"젠장, 마법이……! 어째서야……! 레지나 님, 레지나 님! 저에게 힘을 주소서……!"

세레나 님은 다크니스 밑에 깔린 채 버둥거렸으나 벗어날 수 없는 것 같았다.

다크니스는 그런 세레나 님의 목을 조르며 말했다.

"자, 저 남자에게 건 저주를 풀어주실까……, 뭐, 뭐가 어떻게 된 거지? 나도 숨이 막힌다……?"

다크니스가 당황한 가운데, 세레나 님은 자신의 몸 위에 올라탄 다크니스를 손가락으로 가리키고—.

"『데스』!! 『데스』! 데……."

몇 번이나 마법을 영창했지만 아무 일도 일어나지 않았고, 이윽고 다크니스에게 입이 막혔다.

자, 나는 이제 어떻게 할까.

세레나 님을 구해야겠지만—.

"……저기, 너희는 이 남자를 돌려받고 싶어? 나는 이런 건 필요 없거든?"

"으……, 아니, 뭐, 나도 이런 건…… 필요……없다만……."

이런 거라는 건, 제압당한 세레나 님의 치마를 들치며 팬티를 구경하고 있는 나를 말하는 걸까.

바로 그때, 누군가가 옆에서 내 옷자락을 잡아당겼다.

고개를 돌려보니 왠지 기뻐 보이는 듯한 메구밍의 모습이 눈에 들어왔다.

메구밍은 자신의 로브 자락을 양손으로 움켜잡더니 서서히 들어 올렸고—.

"…………다들 검은색을 좋아하네……."

메구밍이 검은색 속옷을 훤히 보여주자 나는 무릎을 꼭 끌어안은 채 바닥에 앉아서 코앞에 있는 그것을 뚫어져라 쳐다보았다.

"메, 메구밍?!"

"메구밍, 너무 대담한 거 아냐?!"

두 사람이 화들짝 놀라면서 그렇게 말하자, 메구밍은 자

기 팬티를 뚫어져라 쳐다보고 있는 나의 머리에 한손을 올려놓고 입을 열었다.

“두 사람이 필요 없다면, 이 남자는 제가 차지할게요.”

“앗!”

메구밍은 의기양양한 표정을 지으며 그렇게 선언했고 다크니스는 초조한 표정을 지은 뒤 소리를 쳤다.

……그건 그렇고, 묘한 상황이다.

다크니스는 세레나 님 위에 올라탔고 세레나 님은 입을 막힌 채 버둥거리고 있다.

메구밍은 내 머리를 쓰다듬고 있었고 나는 그런 메구밍의 팬티를 빤히 쳐다보고 있다.

그리고—.

“……오호라. 너, 레지나라는 마이너한 신한테서 받는 가호가 반감됐구나. 신의 가호는 신자에게 분배돼. 즉, 너희 신은 너무 마이너해서 신자가 너 뿐이었던 거야. 지금까지는 신의 힘을 독차지했지만, 우리 카즈마 씨가 신자가 된 바람에…….”

“?!”

세레나 님이 입이 막힌 채 살의에 찬 시선으로 나를 쳐다보았다.

아무래도 내가 꼭두각시뿐만 아니라 레지나 교도가 되어

버린 바람에 세레나 님은 약해진 것 같았다.

그래도 나를 죽일 듯이 쳐다보는 건 좀 그렇잖아.

아쿠아는 세레나의 옆에서 몸을 웅크리더니 그녀의 입을 막고 있는 다크니스의 손을 치웠다.

"자, 카즈마를 원래대로 되돌려놔!"

"……그 포션을 뿌리면 원래대로 되돌아올 거야. 뭐, 저 남자는 격렬하게 저항하겠지만."

세레나 님이 체념한 어조로 아쿠아에게 그렇게 말했다.

이제 어떻게 한다.

세레나 님의 충실한 수하인 나는 어떤 행동을 취해야 할까.

현재 메구밍은 내 손을 꼭 쥐더니 한사코 놓지 않았다.

그리고 다른 한 손으로 내 머리를 쓰다듬고 있었다.

나는 여전히 무릎을 꼭 끌어안고 앉은 채 메구밍의 치마를 들치고 그 안을 쳐다보고 있는데—.

"후후. 오랜만이에요, 카즈마."

메구밍이 부끄러움과 기쁨이 뒤섞인 미소를 머금었다.

나도 마음 같아서는 세레나 님을 구해드리고 싶지만 마성의 메구밍이 저렇게 기뻐 보이는 표정을 지으며 유혹하고 있으니…….

나는 현재 세레나 님에 의해 모든 본능이 해제된 바람에 자기 자신을 제어할 수 없는 상태였다.

그러니 저도 이럴 수밖에 없다고요, 세레나 님. 용서해 주세요.

"대체 어쩌다 이렇게 된 거지? 네 녀석의 속셈은 대체 뭐지? 우리 카즈마를 이런 변태로 만드는 게 재미있기라도 한 것이냐?"

"나도 이렇게 될 줄은 생각도 못했다고! 나는 이 녀석을 내 꼭두각시로 만들었을 뿐이야. 본능을 해방하고, 양심을 내던지게 했을 뿐인데……. 그랬더니, 이 녀석이 예상보다 훨씬 나를 따르게 됐다고!"

세레나 님은 분해 죽겠다는 듯 입술을 깨물었다.

"……최근 며칠 동안 정말 힘들었어……. 별의 별 이유를 대면서 일하는 걸 매번 거부하고, 틈만 나면 성희롱, 무슨 건수만 있으면 성희롱……. 어리광이란 어리광은 다 부리면서 방탕한 생활만……."

"……평소의 카즈마 씨와 딱히 다르지 않은 것 같네. 뭐, 좋아. 아무튼 이 포션을 뿌리면 원래대로 되돌아오는 거지?"

아쿠아는 그렇게 말하면서 나에게 다가왔다.

"……저는 카즈마가 이대로라도 괜찮은데 말이죠……."

메구밍은 내가 팬티를 뚫어져라 쳐다보고 있기 때문인지 볼을 살짝 붉히고 그렇게 말했다.

하지만 메구밍이 내 손을 꼭 움켜쥐고 있기 때문에 도망칠 수 없었다.

내가 이대로도 괜찮다고 생각한다면 손을 놔줬으면 한다.

내가 그런 생각을 하고 있을 때 아쿠아가 나를 경계하듯 살금살금 다가왔다.

"저기, 카즈마. 이제부터 원래대로 되돌려줄 테니까, 괜한 짓은 하지 마."

"나는 이대로가 좋아."

내가 주저 없이 바로 대답하자 아쿠아는 살금살금 나에게 접근하며 말했다.

"그럴 수는 없어. 자, 가만히 좀 있어. 알았지……?"

"어이, 프리스트! 방심하지 마! 저 남자가 가만히 당하고 있을 리가 없어!"

세레나 님은 날카로운 어조로 경고했고 아쿠아는 그 정도는 알고 있다는 투로 대꾸했다.

"아, 알아. 카즈마와 그렇게 어울려 다닌 내가 그런 것도 모를 리 없잖아? 메구밍, 카즈마가 도망치지 못하도록 꼭 잡고 있어! 자, 그럼……."

"『스틸』."

""""앗!""""

메구밍의 속옷에서 시선을 뗀 나는 아쿠아를 쳐다보며 한 손을 내밀었다.

그와 동시에 스틸 한방으로 아쿠아에게서 포션을 빼앗았다.

그리고—.

"에잇!"

"와아아아앗~!"

나는 포션을 아무렇게나 집어던졌다.

그 포션이 지면에 떨어지기 직전, 고함을 지르며 슬라이딩을 한 아쿠아가 그것을 받아냈다.

"이 남자가 순순히 당할 리가 없다고 내가 말했잖아!"

"그, 그래도 어쩔 수 없잖아! 너도 꽤 당해봤을 테니까 알 거 아냐! 이 남자는 무슨 짓을 벌일지 알 수가 없거든?! 메구밍! 메구밍~!!"

울먹거리며 그렇게 말한 아쿠아는 이번에야말로 나에게 빼앗기지 않겠다는 듯 포션을 소중히 안아든 채로 메구밍에게 매달렸다.

바로 그때, 세레나 님이 다크니스에게 깔린 상태에서 이렇게 외쳤다.

"나의 꼭두각시인 사토 카즈마에게 명한다! 그대로! 그대로 잠시 동안 꼼짝도 하지 마라!"

"어쩔 수 없네요. 저는 카즈마가 이대로인 편이 좋지만……. 자, 카즈마. 꼭 끌어안아줄게요. ……그래도 가만히……, 가만히……? 저기, 꼼지락거리지 말고 가만히 있어요! 아쿠아, 서둘러요! 이 남자가 제 가슴에 볼을 비벼대고 있어요……!"

내가 메구밍의 가슴에 얼굴을 묻고 있을 때 내 뒤통수에 차가운 무언가가 뿌려졌다.

그 순간, 몸에서 무언가가 빠져나가는 것이 느껴졌다.

어이, 안 돼. 나는 이대로가 좋다고…….

아직 세레나 님과 할 게 남아있단 말이야.

그러기 위해서는 복수의 신, 레지나 님의 힘이 필요……!

"……어라?"

나는 왜 복수의 신의 힘이 필요한 거지?

그것보다, 세레나 님?

나는 왜 마왕군 간부 따위에게 존칭을 쓰는 거야?

애초에, 나는 왜 잘 알지도 못하는 신을 느닷없이 신앙하게 된 걸까?

……아, 맞다.

꼭두각시가 되기 직전, 나는 저 마왕군 간부에게 우리 잉여신의 마음에 상처를 입힌 대가를 치르게 해주겠다, 반드시 복수해주겠다고 굳게 맹세를………….

5

"카즈마, 어때요? 이제 나았나요?"

누군가가 내 볼을 찰싹찰싹 소리가 나게 때렸다.

문뜩 고개를 들어보니, 눈앞에 메구밍의 얼굴이 있었다.

…………

"좀 더 세게 안아주면 완벽하게 나을 것 같아요."

"완전히 나은 것 같군요. 그럼…… 저, 저기, 나았으면 이제 그만 떨어지세요!"

메구밍이 밀쳐내자 나는 어쩔 수 없이 몸을 일으켰다.

왠지 꿈이라도 꾼 것 같은 느낌이 들었다.

그것도 엄청 괜찮은 신을 믿은 것 같았다.

……뭐, 나는 기본적으로 무교지만 말이야.

"카즈마 씨, 카즈마 씨. 괜찮아? 레지나 같은 듣도 보도 못한 마이너 신을 숭배할 바에야 나를 신앙하는 편이 나을 거야. 그러면 악필인 카즈마 씨가 달필이 되는 걸 비롯해 다양한 혜택을 보게 될지도 몰라."

"됐어. 그리고 내가 왜 마이너 신 따위를 숭배한 건지 알기는 해……? ……어?"

……어?

이유가 뭐였지?

"왜 숭배한 거야?"

"글쎄? 모르겠어."

나도 납득이 안 되지만 지금은 이럴 때가 아니다.

"여어. 무사히 원래대로 되돌아간 것 같네."

다크니스 밑에 깔린 세레나가 그렇게 말했다.

이 녀석을 어떻게 하지…….

"……너는 진짜 처치 곤란한 녀석이네……."

"그럼 그냥 봐주지 않겠어? 이래 봬도 한동안 같이 살았던 사이잖아? 그러면 우리 둘 다 행복해질 수 있을 거라고 생각하는데."

세레나는 바닥에 벌러덩 드러누운 채 될 대로 되라는 투로 그렇게 말했다.

그녀는 알고 있는 것이다. 내가 자기를 어찌할 수 없다는 사실을…….

예를 들어 경찰에 넘긴다.

……엄청 불안한 데다, 마음이 개운하지도 않았다.

차라리 복수의 저주에 당하더라도 아쿠아가 소생시켜줄 거라 믿고, 이 마을에서 한참 떨어진 곳에 가서 내가 세레나를—.

……응. 역시 살인은 무리야.

나한테 그럴 배짱이 있다면 얼간이 같은 칭호를 얻지 않았을 것이다.

꽁꽁 묶어서 던전에 방치해두는 건 어떨까?

……아니, 그것도 결국 간접적인 살인이나 다름없잖아…….

젠장. 며칠 동안 같이 살았던 바람에, 어중간하게 정이 들었다.

하지만 이대로 놔주는 것도 좀…….

"고민하는 것 같네. ……어이, 카즈마. 나를 놔준다고 해서 네가 손해를 보지는 않잖아? 나를 놔주면 이 마을을 습격한다는 계획도 재고될 거야. 네가 있는 마을과 얽히는 건 이제 질색이거든. 이건 내 본심이야. ……게다가, 마왕군 간부에 이름만 올려두고 있는 위즈, 그리고 바닐. 이 마을을 습격했을 때, 그 두 사람이 어떻게 나올지 예상이 안 되거든. 나는 성에 돌아가면 계획을 재고할 거야. 나를 놔주면 다시는 이 마을을 노리지 않겠어. 어때? 이번에야말로 제대로 된 거래야."

세레나는 고민에 잠긴 내 속내를 꿰뚫어본 것처럼 옅은 미소를 짓고 그렇게 말했다.

그리고 그런 세레나 위에 올라탄 다크니스가 입을 열었다.

"……어이, 카즈마. 이 여자는 결국 정체가 뭐지? 마왕군의 관계자인 것이냐? 이 마을을 지키기 위해서라면, 내가 직접 이 여자를 죽여 버리겠다."

나는 무시무시한 소리를 늘어놓는 다크니스의 어깨를 움켜잡았다.

다크니스는 귀족이자 이 마을의 임시 영주이기도 하다.

보기보다 성격이 급한 편인 이 여자는 마을 주민들을 지키기 위해서라면 주저 없이 세레나를 죽여 버릴지도 모른다.

그리고 나는 다크니스의 말을 듣고 각오를 다졌다.

"……어이, 무슨 생각이야? 네가 왜 그딴 걸 가지고 있는 건데?"

세레나는 내가 꺼낸 물건을 보더니 그대로 표정이 굳어버렸다.

"세레나, 미안하지만 거래는 하지 않겠어. 아쉽지만, 이번에는 무승부로 마무리 짓자고."

내가 품속에서 꺼낸 것은 바닐에게서 받은 금단의 포션 시리즈다.

하나같이 변변찮은 효과를 지닌 것들이지만 그 중에는 레벨 리셋 포션이라는 것이 있었다.

나는 이제까지 동료의 힘을 빌리며 싸워왔으나 이번만큼은 나 혼자만의 힘으로 결판을 내고 싶었다.

이것을 세레나에게 쓰면 복수의 저주에 의해서 나도 레벨이 리셋되고 말 것이다.

"뭘 하려는 거지? ……어이, 카즈마. 관둬. 우리는 며칠 같이 살았잖아? 똑똑하게 굴자고. 그냥 나를 눈감아주는 게 어때?"

하지만 백수이자 최약체 직업인 나와, 마왕군 간부인 세레나.

레벨이 1이 되었을 때 누구의 타격이 심각할지는 말할 필요도 없다.

나는 금단의 포션 시리즈 중에서 레벨 리셋 포션을 꺼내든 후 세레나의 옆에서 몸을 웅크렸다.

"미안하지만, 나와 함께 레벨 1부터 다시 시작하는 거야."

"윽?!"

그 말을 들은 세레나가 버둥거리며 저항했고 다크니스가 그녀의 복부에 주먹을 꽂았다.

"커억!"

"으윽?! 어, 어떻게 된 거지? 어이, 카즈마. 이 여자를 때렸더니, 내 배가……!"

나는 당황한 다크니스를 향해 차분한 어조로 말했다.

"이 녀석을 공격하면, 그 대미지가 고스란히 공격한 사람에게 되돌아와. 잘 들어. 절대 이 녀석을 죽이지 마. 죽였다간, 이 녀석이 퍼뜨린 죽음의 저주 때문에 대량 학살이 발생할 거야."

내가 그렇게 말하자―.

"……아하, 일전에 드롭킥을 날렸던 카즈마가 기절한 이유를 이제 알겠군요."

메구밍은 납득했다는 듯 고개를 끄덕였다.

한편, 다크니스는 내 말을 듣더니 세레나의 볼을 꼬집었다.

"아야야야, 뭐하는 거야?!"

"으으윽……! 이 녀석, 숨기고 있는 게 더 있지? 자, 실토해라! 내 눈은 속일 수 없다! 하악하악……, 아, 아야야……! 크윽……, 하지만 나는 이 정도 고통에 굴복하지 않는다……!"

"무슨 소리를 하는 거야?! 카즈마가 다 알고 있다고! 아얏! 어이, 그만해! 카즈마한테 대충 다 이야기했단 말이야! 아파, 그만해! 너도 아프잖아?! 그만해! 그만하란 말이야!"

다크니스는 레지나의 가호를 이용해 특수한 놀이를 시작했고 세레나는 필사적으로 그녀를 밀쳐내려 했다.

나는 포션을 한 손에 쥔 후—.

"어이, 카즈마! 이 여자를 말려……! 자, 잠깐만, 다가오지 마! 알고 있는 거야? 너도 레벨이 내려갈 거라고. 다시 생각해봐! 내 레벨을 낮춘다고 너 개인에게 어떤 이득이 생기는데? 자, 잘 생각해봐!"

허둥대는 세레나를 향해 병을 기울였다.

"뭐, 나는 천천히 레벨을 다시 올리겠어. 나는 스테이터스의 최대치가 낮으니까 금방 복구할 수 있을 거야. 돈이 많아서 생활에 여유도 있고 서두를 필요도 없거든. ……세레나님, 이 충실한 수하가 끝까지 함께 해드리겠습니다. 자, 함께 새 출발을 해보자고."

세레나는 딱딱하게 굳은 표정으로 자신의 볼을 꼬집고 있는 다크니스의 손을 움켜잡더니—.

"역시 너야말로 마왕군에게 가장 위협적인 녀석이라고 생각해."

"그건 과대평가야. 앞으로는 느긋하게 살 거니까, 만약 마왕성으로 되돌아가게 되면 말 좀 잘해줘."

세레나는 내가 농담 투로 한 말을 흘려듣고 나를 향해 손가락을 내밀었다.

……뭘 하려는 거지……?

……앗.

"역시 너를 살려둘 순 없겠어. 네가 원래대로 돌아왔으니까, 다시 레지나 님의 유일한 신자가 된 나도 힘을 되찾았을 거야. 잘 가, 말썽꾸러기 꼭두각시."

나는 세레나가 내민 손을 움켜잡으려 했다.

그리고 다크니스가 허둥지둥 세레나의 입을 틀어막으려 했지만 그녀의 말을 막지는 못했다.

"『데스』."

# 제4장 이 모험가에게 명제를!

## 1

“다녀오셨습니까, 주인님!”

나는 어느새 익숙해진 새하얀 방에서 정신을 차렸다.

눈을 뜬 나는 즐거운 표정으로 인사한 에리스 님과 선 채로 시선을 마주했다.

“……에리스 님, 즐거워 보이시네요.”

“카즈마 씨야말로 이곳에 오는 데 익숙해져서 매너리즘을 느끼고 있지 않아요? 하지만 죄송해요. 불행한 일이 있었던 분에게 불성실한 발언을 했군요.”

에리스 님은 그렇게 말하고 쓴웃음을 지었다.

“……한 번만 더 해주지 않겠어요?”

“제가 스스로 한 거지만, 이제는 안 할 거예요.”

두목일 때는 내 농담도 잘 받아주면서 말이야.

“……참, 그 녀석은 어떻게 됐나요? 저한테 데스를 건 후에 말이죠.”

"분노한 다크니스가 힘껏 두들겨 팬 바람에, 두 사람 다 기절했어요. 선배는 카즈마 씨에게 소생을 걸고 있죠. 메구밍 양은 마왕군 간부를 꽁꽁 묶은 후 기절한 다크니스를 간호하고 있어요. ……다들 무사하니 안심하세요."

에리스 님이 방긋 웃으며 그렇게 말해서 나는 안심했다.

그럼 뒷일은 내가 소생한 후에 처리하면 된다.

솔직히 말하자면 레벨 1이 되기 싫지만 세레나를 무력화시키기 위해서는 그것이 최선의 방법이다.

다른 방법도 생각해봤으나 역시 이번 일은 내 손으로 직접 마무리 짓고 싶다.

나는 아주 약간 안심한 후 바닥에 주저앉아서 무릎을 끌어안았다.

……그건 그렇고 정말 오랜만에 죽었는걸…….

불합리할 뿐만 아니라 약자에게 상냥하지 않은 세계에서 살고 있으니 어쩔 수 없을지도 모르지만, 그래도 뭔가 방법이 없는 걸까.

이렇게 간단히 죽어버리니 의기소침해졌다.

게다가 점점 이곳에 오는 것에 거부감이 없어지는 것도 문제다.

죽음에 익숙해지는 것은 문제라는 생각이 들었다.

내가 이런 생각을 하고 있을 때, 에리스 님은 내 얼굴을 지그시 응시하면서 아무 말 없이 미소 짓고 있었다.

양손을 가슴 앞에 모은 채 이 방 한가운데에 서 있는 에리스 님과 같이 있으니, 말 한마디 나누지 않고 가만히 있는데도 마음이 치유되는 것 같았다.

에리스 님을 보니 온갖 굴레를 내던져버리고 이곳에 쭉 머물고 싶어지네.

이곳에 올 때마다 그런 생각이 들었다.

왜 내가 마왕군 간부 같은 녀석들과 싸워야 하는 건가. 왜 내가 이세계 같은데서 강적들과 맞붙게 되는 걸까.

거금을 손에 넣었는데도 마왕의 딸이 왕도에 쳐들어온다는 둥, 우리 마을에도 마왕군 부대가 파견된다는 둥…….

아아, 싫어…….

사망 직후라 그런지 마음이 울적했다.

그래도 돌아가야만 한다.

현재 왕도 습격 계획과 액셀 마을에 마왕군의 부대가 쳐들어올 거라는 정보를 알고 있는 건 나뿐이었다.

그리고 세레나와 나의 레벨을 1로…….

"……하아."

앞으로의 일을 생각하니 무심코 입에서 한숨이 새어나왔다.

내가 무릎을 꼭 끌어안은 채 한숨을 내쉬자 에리스 님은 걱정스러운 표정을 짓고 고개를 갸웃거렸다.

"괜찮으신가요? 괜찮……을 리가 없죠. 목숨을 잃었으니까요……."

에리스 님은 그렇게 말한 후 나와 마주보고 앉더니 무릎을 꼭 끌어안았다.

그리고 나와 눈높이를 맞춘 다음 걱정스러운 눈길로 내 얼굴을 응시했다.

"역시 두목은 귀엽고 상냥하네요. 여신 같은 건 때려치우고, 머나먼 이세계에서 저와 결혼하지 않을래요?"

"메구밍 양과 사귀고 있으면서 그렇게 여신을 놀리다간, 천벌을 받을 거예요."

맞다, 방금 말을 듣고 생각났어!

"에리스 님은 혹시 저를 몰래 짝사랑하나요? 그래서 메구밍과 제 사이를 질투한 나머지, 저희가 선을 넘으려고 할 때마다 방해를…… 하는 건 아니죠?"

"그런 바보 같은 짓은 안 해요! 앗! 왜 그런 표정을 짓는 거죠?! 혹시 의심하는 건가요?! 정말 불쾌하군요!"

에리스 님을 놀리며 우울함에 사로잡혀 있던 마음을 급속도로 치유하고 있을 때였다.

《카즈마 씨~, 카즈마 씨~! 준비가 다 됐으니까, 돌아와~.》

분위기 파악 못하는 데 있어서는 타의 추종을 불허하는 재능을 지닌 사고뭉치 여신의 목소리가 이 평온한 치유 공간에 울려 퍼졌다.

아직은 저 불합리한 세계에 돌아가고 싶지 않다고 생각한 나는, 고개를 푹 숙이고 귀를 막은 후 아무것도 들리지 않는 척 했다.

"저, 저기…… 선배가 카즈마 씨를 부르고 있거든요? 심정은 이해가 안 되는 것도 아니지만……."

내가 현실도피를 하자 에리스 님은 난처한 표정을 짓고 그렇게 말했다.

"……몇 번이나 픽픽 죽었더니 의기소침해지는 데다, 또 죽을까 싶어서 걱정이 돼요. 차라리 다시 태어나서 새로운 인생을 사는 편이 나을 것 같다는 생각도 드네요."

"하긴…… 그럴 만도 해요. 보통은 딱 한 번 죽고도 상당한 쇼크를 받으니까요……. 카즈마 씨는 매번 고통스럽지 않게 죽음을 맞이했기 때문에, 아직 정신적인 쇼크를 적게 받은 편이지만 말이에요……."

에리스 님은 내 눈앞에서 난처한 표정을 지었다.

이윽고 에리스 님은 평온한 미소를 머금었다.

그리고 고개를 갸웃거리면서 이렇게 말했다.

"……하지만 저 세계에는 멋진 동료들과의 즐거운 추억이 있죠? 아직 끝내지 못한 일이 있지 않나요? 자, 떠올려 보세요. 그 즐거웠던 나날을……."

나는 그 말을 듣고 지금까지 이세계에서 있었던 일을 떠올렸다.

저 세계에 온지 얼마 안 됐던 시절, 아쿠아와 함께 고생을 바가지로 하며 보냈던 마구간 생활…….

말도 안 되는 이유로 짊어지게 된 거액의 빚…….

말썽만 피우는 사고뭉치 동료들, 그리고 그 뒤치다꺼리…….

한 성깔 하는 마을 사람들…….

그리고 그 탓에 툭하면 죽어나가는 나…….

겨우겨우 아름다운 여자 동료와 가까워졌는데, 아직도 선을 넘지 못했다고 하는 피가 말리는 상황…….

"…………역시, 그냥 환생하고 싶네요……."

"예엣?!"

지구에 있는 부잣집의 고양이로 환생하자.

그리고 평생 빈둥대며 사는 거다.

《카즈마 씨~, 빨리 와~. 빨리 돌아오란 말이야~.》

아쿠아의 느긋한 목소리가 들려왔다.

최선을 다했다.

나, 진짜로 최선을 다했다고.

어차피 되살아나봤자 또 죽을 것 같았다.

"나는 그냥 이대로 새로운 인생을 살래~! 그쪽 세계의 일은 너희한테 맡기겠어~! 다른 두 사람한테 행복하게 잘 살라고 전해줘~!"

"예에엣?!"

내가 큰 목소리로 그렇게 외치자 에리스 님이 깜짝 놀랐고 그 뒤를 이어 정적이 이 방에 감돌았다.

그리고—.

《이 남자가 또 바보 같은 소리를 늘어놓네! 헛소리 하지 마! 왜 정기적으로 그런 헛소리를 늘어놓는 건데? 그렇게 나를 난처하게 만들고 싶은 거야? 바보지? 바보 맞지? 이러니까 그 프리스트를 넙죽넙죽 따라간 거야!》

"뭐?!"

나는 아쿠아의 독설을 듣고 뚜껑이 열렸다.

"헛소리 하지 마! 내가 누구를 위해 마왕군 간부와 싸운 건지 알기나 하는 거냐……! 나는 마을을 지키기 위해, 남몰래 그 프리스트와 계속 싸웠다고! 그렇게 격렬한 공방전을 벌인 끝에 세뇌를 당해 끌려간……."

《어. 메구밍, 뭐하는 거야? 어, 어어……!》

……어이.

"어이, 그런 소리 해봤자 소용없다고! 내 몸에 장난이든 뭐든 마음껏 쳐봐! 너희가 엉엉 울면서 제발 돌아와 달라고 애원할 때까지……."

《메구밍, 뭐하는 거야?! 저기, 진짜로 뭐하는 거야?! 카즈마 씨~, 카즈마 씨~! 빨리 돌아와! 안 그랬다간……! 안 그랬다간……!》

……소, 속지도 않을 거고, 낚이지도 않을 거야. 이제 와

서 내 시체에 무슨 짓을 하든…….

그래, 이제 그런 협박에……!

《카즈마 씨~! 메구밍이……! 메구밍이, 카즈마의 처음을 차지하겠다면서 무시무시한 짓을 하려고 하거든?! 메, 메구밍, 대낮에 그런 짓을 하는 건 좀 그렇지 않아?!》

미인계냐아아아아아아!

"…………."

무릎을 끌어안은 채 안절부절못하는 나를 본 에리스 님의 시선이 차가워진 느낌이 들었다.

으으, 어떻게 하지?! 큰일 났다! 돌아가지 않았다간 어른이 되는 순간을 놓치고 말 거라고……!

하지만 이대로 돌아갔다간 나는 메구밍의 미인계에 간단히 굴복하고 만 쉬운 남자가……, 하, 하지만……!

《메구밍, 처음인 카즈마 씨한테, 그렇게 커다란 건 무리일 거라고 생각해! 카즈마 씨의 카즈마 씨가 망가지고 말 거야!》

윽?!

"어이, 너희가 말한 내 처음이 그거였냐?!"

《메구밍, 안 돼! 그건 먹는 거야! 그런 짓에 쓰는 게 아니거든?! 그런 짓 하면 천벌 받아!》

"막아! 아쿠아, 지금 바로 돌아갈 테니까, 메구밍을 막아~!"

《아아앗, 메구밍! 메구밍! 아, 안 돼! 이제 타임 오버야! 카즈마 씨가 돌아오겠대! 그러니까 빨리 바지를……!》

나는 벌떡 일어서서 말했다.

“그럼 에리스 님! 서둘러 돌아가 봐야 하니 이만 실례할게요!”

그리고 그대로 허둥지둥 예의 그 문을 향해 뛰어가자……!

“다, 다녀오세……. ……앗! 카즈마 씨, 바쁘신 와중에 이런 말을 해서 죄송한데 말이죠?! 실은 당신에게 꼭 전해야 할 중요한 이야기가…….”

“이 상황에서요?! 지금까지 시간이 꽤 있었는데, 왜 이제 와서 그런 소리를 하는 거예요?! 저는 지상으로 돌아갈 테니까, 두목이 되어서 만나러 오면 되겠네요!”

《메구밍은 왜 이렇게 사나이다운 거야?! 자, 카즈마 씨가 돌아오기 전에 증거를 없애자!》

나는 울상을 짓고 에리스 님을 돌아보았다.

그러자 에리스 님은 미안해하는 표정을 짓고 입을 열었다.

“실은 이 세계는 지금…….”

《메구밍, 벗기는 게 아니라 입혀야 하거든?! 안 돼! 진짜로 시간이……!》

“에리스 님, 죄송한데 지금은 아무 말도 머리에 안 들어와요! 아쿠아, 말려! 나중에 용돈 줄 테니까 말리라고!”

허공에서 들려오는 아쿠아의 목소리 때문에 시리어스한 분위기를 유지할 수가 없었다.

《그, 그렇지만, 카즈마의 은밀한 부분이 차례차례……, 아

앗! 메구밍, 안 돼! 안 돼……, 안……, ……아앗…….》

"포기하지 마! 어이, 아쿠아, 포기하지 말고 힘내! 나도 지금 바로 그쪽으로 갈게!"

얼굴이 빨개진 에리스 님이 필사적인 목소리로 외쳤다.

"현재, 이 세계는 위기에 처해 있어요! 이대로 있다간 인류가 마왕군에게 멸망당할 가능성이 농후해졌죠! 부탁이에요! 부디 제 말을 좀 들어 주세요—!"

—정신을 차려보니 아쿠아와 메구밍이 내 얼굴을 뚫어져라 쳐다보고 있었다.

"앗! 카즈마, 어서 와! 진짜 큰일 날 뻔 했네!"

"어, 어, 어서 오세요……."

얼굴이 발그레해진 메구밍이 약간 거친 숨을 내쉬면서 무언가를 등 뒤로 숨겼다.

나와 시선이 마주치자 메구밍은 고개를 휙 돌렸다.

남이 허둥지둥 입힌 흔적이 또렷하게 남아있는 바지를 보니 섬뜩했다.

아쿠아와 메구밍의 거동 또한 수상하기 그지없었다.

그리고 좀 떨어진 곳에는 눈이 까뒤집힌 세레나와 다크니스가 쓰러져 있었다.

"그, 그럼 저는 다크니스를 간호하러 갈게요."

메구밍은 나와 시선을 마주치지 않고 그렇게 말하더니 도망치듯 다크니스의 곁으로 향했다.

나는 그런 메구밍의 뒷모습을 쳐다본 후 왠지 안절부절못하고 있는 아쿠아에게 말을 걸었다.

"어이, 아쿠아."

"왜 그래?! 나는 말렸거든? 메구밍과 함께, 카즈마 씨의 카즈마 씨를 뚫어져라 쳐다보지 않았거든?!"

…………이, 이 녀석이…….

나는 마음을 다잡고 아쿠아에게 말했다.

"……너, 아직도 천계에 돌아가고………… 싶어?"

2

"카즈마, 일어나! 아침이 됐어! 자아! 빨리 일어나!"

다음 날 아침.

노크도 하지 않고 내 방에 뛰어 들어온 아쿠아가 시끄럽게 떠들어댔다.

내가 이불 밖으로 얼굴을 내밀어보니 창밖은 아직 어둑어둑했다.

"…………지금 몇 시야……?"

"다섯 시가 다 됐을걸?"

꼭두새벽이잖아…….

내가 다시 이불을 뒤집어쓰자 아쿠아는 내 몸 위에 올라탔다.

"왜 또 자려고 하는 건데?! 자, 빨리 일어나서 준비해! 퀘스트를 받아서 레벨을 올리는 거야!"

"좀 봐달라고……. 어제 밤늦게까지 술을 마셨으니까, 오늘은 저녁때까지 자고 싶단 말이야~. 어제는 마왕군 간부 격퇴 축하 파티를 했었다고……."

—어제, 아쿠아에게 에리스 님의 말을 전한 후…….

나는 예정대로 세레나의 레벨을 리셋했고, 덕분에 나 또한 레벨 1이 됐다.

그리고 기절한 세레나를 경찰에게 맡긴 후 이제까지 얻은 정보를 전부 털어놨는데…….

약체화된 세레나는 이제 강력한 저주를 걸 수 없을 것이다.

경찰서 서장은 이제부터 세레나를 취조할 거라고 말했다.

마왕의 딸이 준비 중인 왕도 침공 계획과 이 마을에 대한 습격 등에도 대책을 세워주려는 것 같았다.

마왕군 간부를 체포했고 그녀의 흉계 또한 미연에 저지한 나에게는 상당한 금액의 상금이 하사될 거라고 한다.

……그렇다면, 레벨 1이 된 내가 할 수 있는 일은 이제 없다.

왕도 쪽의 일은 내가 어찌 할 수 있는 게 아니고, 이 마을을 습격하는 계획에는 세레나가 주력 모험가를 꼭두각시화하여 내부에서 파괴 공작을 벌이는 것도 포함되어 있었다.

그것이 실패로 돌아갔으니 이 마을은 간단히 함락되지는 않으리라.

아니, 세레나라는 지휘관을 잃었으니 이 마을을 습격한다는 계획 자체가 중단되었을지도 모른다.

그런고로—.

나는 마음 푹 놓고 어젯밤 늦게까지 축하 파티를 벌였는데…….

"일어나~, 일어나~! 자, 빨리 일어나! 그리고 인류를 위해, 미래를 위해! 마왕을 퇴치하러 가는 거야!"

아쿠아가 이불을 덮은 내 몸 위에 올라타더니 마구 날뛰면서 그런 소리를 했다.

마왕 퇴치.

이 녀석이 이런 바보 같은 소리를 늘어놓는 데에는 다 이유가 있다.

바로 에리스 님의 전언 때문이다.

"마왕이라면 곧 어디 사는 여신님에게 선택받은 전설의 용사가 해치워줄 거야……. 그러니까 더 잘래…………."

"여기에 어엿한 여신님이 있거든?! 내가 너를 용사로 임명해줄 테니까, 빨리 일어나~! 일어나란 말이야~!"

—에리스 님은 이 세계가 위기에 처했다고 말했다.

그 이유는 세레나한테서 들었던, 새로운 용사 후보가 나타나지 않는 점 때문이다.

일본에서 이 세계로 치트를 보유한 용사를 보낸다.

그것은 원래 아쿠아가 하던 일이다.

하지만 후임인 천사가 그 일을 맡게 된 후 용사가 이세계에 오지 않게 됐다.

후임인 천사는 매우 성실해서 권유를 할 때 대충 얼버무리지 않고 미주알고주알 전부 이야기하는 것이다.

지금까지 이세계에 보내진 일본인의 말로와 현재 생존율, 이세계 언어 습득시의 부작용과 이 세계가 얼마나 살기 힘든 곳인지도 전부 상세하게 설명한다고 했다.

……즉, 매사에 대충인 이 여신만이 사기나 다름없는 식으로 용사를 이세계에 보낼 수 있었다.

"너, 제대로 설명도 해주지 않고 우리를 이 세계로 보냈지? 항의의 뜻으로 점심때까지 잠이나 잘래."

"너는 항상 점심때까지 퍼질러 자잖아! 여신으로서 부탁할게! 이렇게 아름다운 여신이 애절한 눈물을 흘리면서 부탁을 하는데, 왜 들어주지 않는 거야?!"

이 세상에는 적이 많다.

설령 마왕을 해치우더라도 인류를 위협하는 존재는 얼마든지 있다.

그리고 사기…… 아니, 권유에 소질이 있는 아쿠아의 가치를 이제야 깨달은 천계 측에서는 그녀가 빨리 돌아오기를 바라는 것 같았다.

"그런데, 천계란 곳은 그렇게 인재 부족으로 심각한 상황인 거야? 웬만한 고블린도 네가 하던 일 정도는 할 수 있지 않아?"

"나를 더 바보 취급한다면, 나도 생각이 있어. 성대모사 마법으로 하루 종일 네 베갯머리에서 괴짜 악마의 웃음소리를 흉내 낼 거야."

내 레벨이 내려가기 전, 그리고 한시라도 빨리 잘 알지도 못하는 이 녀석을 파티에서 쫓아내고 싶어하던 시절이라면 생각이 달라졌을지도 모른다.

하지만 풍족하고 안정된 생활을 손에 넣었는데 내가 왜 마왕을 퇴치하러 가야만 하는 거냐고.

……솔직히 말해, 너무 무모했다.

세레나의 흉계를 저지한 것도 거듭된 우연 덕분에 운 좋게 승리했을 뿐이다.

게다가 그 녀석은 마왕군 간부 중에서도 약한 편에 속한다.

그 뿐만 아니라 나는 그런 세레나에게 결국 살해당하고 만 것이다.

그런 내가 마왕성에서 강력한 부하들에게 둘러싸여 있는 마왕을 퇴치하러 간다?

……바보 같은 소리하지 말라고.

나는 여전히 내 몸 위에서 버둥거리고 있는 아쿠아를 힐끔 쳐다보며 말했다.

"……상대는 마왕이거든? 내가 그런 녀석을 쓰러뜨릴 수 있을 리 없잖아. 너, 나를 그렇게 높이 평가하는 거야? 내가 마왕을 쓰러뜨릴 수 있는 남자 같아?"

"에이~. 그럴 리가 없잖아. 나도 현실 정도는 알고 있거든?"

이 자식…….

"그럼 대체 왜 이러는데? 내가 다시 레벨을 올렸다고 치자. 그리고 우리끼리 어슬렁어슬렁 마왕성으로 향해봤자, 도중에 강력한 몬스터에게 잡아먹히거나 성에 도착한 후에 마왕의 군세에게 뭇매를 맞고 전멸할걸? 너와 다크니스, 메구밍은 마왕에게 잡혀서 어마어마한 짓을 당할 거야. 그렇게 되어서 기뻐할 사람은 아마 다크니스뿐일 걸? 내 말, 이해하긴 한 거야?"

"그 정도는 나도 알아. 하지만 나한테 생각이 있어. 카즈마의 레벨을 적당히 올린 다음, 마왕성 근처에 가기만 하면 돼."

……호오?

"좋은 생각이 있다면 어디 말해봐."

"내 말 잘 들어. 우선 우리끼리 마왕성에 가는 거야. 그리고 마왕성 주변에는……. 거기에는 결계가 존재한다며? 마왕군 간부가 펼친 결계 말이야."

……응?

그랬구나.

나와는 상관없는 일 같아서 지금까지는 한 귀로 흘려들었다.

내가 아무 말 없이 이야기를 듣고 있자 아쿠아가 계속 설명을 했다.

"그리고 어제 카즈마가 마왕군 간부를 한 명 무력화시켰어. 레벨 1인 마왕군 간부는 결계를 유지시킬 수 없을 테니까, 이제 결계를 유지 중인 간부는………. 몇 명이더라?"

"……마왕군 간부는 여덟 명이라던가? 그 중 한 명이 우리가 처음 맞닥뜨렸던 간부인 베르디아라는 이름의 듈라한이야. 그리고 바닐과 한스, 실비아, 월버그, 세레나가 무력화됐지. ……남은 건…… 위즈를 포함해서 두 명일걸?"

"그래! 마왕군 간부는 이제 두 명만 남았어! 나의 엄청난 여신 파워라면, 겨우 간부 두 명이 유지하고 있는 결계를 파괴할 수 있을지도 몰라! 결계가 파괴되어도 좋고, 만약 그게 무리더라도 사람이 드나들 구멍 정도는 뚫을 수 있을 거야!"

…….

"뭐, 그렇게 됐다고 치자. 그럼 마왕은 대체 어떻게 해치울 건데?"

나는 그렇게 물었고 아쿠아는 자신만만한 어조로 말했다.

"결계가 박살나면 말이야. 나의 귀여운 아쿠시즈 교도들과 홍마족 사람들, 그리고 이 나라의 높으신 분들에게 고자질을 하는 거야! 마왕성을 지키는 결계가 없어졌으니 빨리 쳐들어가세요~ 라고!"

즉, 남의 힘을 빌려 그 녀석들을 박살낼 작정인 거냐.

확실히 결계가 박살난다면 마왕군은 모든 병력을 방어에 쏟아야 할 것이다.

그것만으로도 전황이 꽤 좋아질 게 틀림없다.

"하지만, 성의 결계를 파괴하지 못한다면 어떻게 할 거야?"

"그때는 레벨을 올린 카즈마 씨가 나서는 거지."

호오.

"일단 들어나 보자."

"적 탐지와 잠복을 이용해 마왕의 침소까지 잠입한 후, 마왕을 암살해줘."

"헛소리하지 마."

나는 이불 위에서 시끄럽게 떠들어대는 아쿠아를 무시한 뒤 머리까지 이불을 뒤집어썼다.

## 3

저택 거실에서는 다크니스와 메구밍이 점심을 먹고 있었다.

"저기, 카즈마. 잠깐 나 좀 봐."

아쿠아는 진지한 표정을 짓더니 등 뒤로 손을 돌리며 그렇게 말했다.

마치 이제부터 중요한 이야기를 하려는 것처럼 말이다.

"……무슨 일이야? 표정이 되게 심각하네."

내가 오리 로스트를 우걱우걱 먹고 있는 가운데, 다크니스와 메구밍 또한 식사를 하면서 나와 아쿠아를 번갈아 쳐다보았다.

아쿠아는 고개를 번쩍 들고 입을 열었다.

"내 말 좀 들어봐! 우리가 이러고 있어선 안 된다고 생각해!"

그리고 아쿠아는 느닷없이 그런 소리를 늘어놓았다.

나는 입 안의 오리 로스트를 씹으면서 그녀의 말에 귀를 기울였다.

"뭐가 이대로는 안 된다는 거야?"

"이 나태한 생활 말이야! 저기, 이대로 정말 괜찮은 거야? 해가 중천에 떴을 즈음에 일어나서, 먹고 자고만 반복하잖아! 변했어! 카즈마 씨는 변해버렸단 말이야!"

느닷없이 무슨 소리를 하는 거야.

아쿠아가 그렇게 말하자 메구밍과 다크니스는 포크를 내려놓았다.

"이 남자는 옛날부터 이랬는데요."

"음. 항상 이랬지. 게다가 아쿠아도 매일 같이 이 남자와 똑같은 생활을 했지 않느냐."

………….

"그렇기는 해! 원래부터 이랬을지도 몰라! 하지만 나는 카즈마 씨가 예전으로 돌아가 줬으면 해! 막대한 빚을 진 바람에 매일같이 울상을 짓고, 푼돈을 벌기 위해 바득바득 일하던 시절의 카즈마 씨로 말이야!"

"좋아, 덤벼 봐. 너를 내 경험치로 삼아주겠어."

내가 포크를 내려놓은 뒤 자리에서 일어나자, 경계심을 품은 아쿠아가 허공에 섀도복싱을 하면서 뒷걸음질쳤다.

"왜 그래요? 평소 같으면 아쿠아도 카즈마와 마찬가지로 빈둥거렸을 거잖아요."

"으음. 그 프리스트가 일으킨 소동이 정리된 직후라 예전보다 더 퀘스트를 하기 싫다고 떼를 부리지나 않을지 걱정했다만……. 아쿠아, 갑자기 왜 이러는 것이냐?"

두 사람은 그렇게 말했고 아쿠아는 말문이 막혔다.

"그, 그게……. 모, 모험가의 의무, 와 책임감……."

""""…………."""

"…………같은 것, 때문에…………."

우리 세 사람의 시선이 몰리자 아쿠아의 목소리가 점점 작아졌다.

"모, 모험가로서, 곤경에 처한 사람들을………… 으으…………, 우, 우에에에에엥~!"

견디다 못한 아쿠아가 그대로 도망쳤다.

"—아쿠아가 갑자기 왜 저러는 거죠?"

식사를 마친 메구밍이 차를 홀짝이며 그렇게 말했다.

"신경 쓰지 마. 갑자기 정의감에 눈뜬 건지, 마왕을 퇴치하고 싶어 죽겠나 봐."

""마왕!""

"우왓?!"

메구밍과 다크니스는 마왕이라는 말을 듣자마자 바로 반응을 보였다.

"마왕! 마왕 퇴치라, 좋죠! 제가 지닌 최강의 칭호를 확고하게 만들기 위해, 해치워버리도록 할까요. 세레나 포획은 카즈마가 혼자서 해냈고, 닌닌 퇴치도 김이 샐 만큼 간단해서 좀 불완전 연소 상태예요."

네가 언제부터 최강이었던 건데?

그리고 편의점 좀 다녀오겠다는 투로 그런 소리를 늘어놓지 말라고.

"마왕……. 마왕이라……. 분명 어마어마한 공격을 펼치겠지……. 내 견고한 갑옷을 일격에 박살낼지도 몰라……."

볼이 발그레해진 변태가 행복한 꿈을 꾸고 있는 소녀 같은 표정을 짓고 있었다.

그러고 보니 이 두 사람은 예전부터 이랬지.

"혹시나 해서 말해두는데, 절대 안 갈 거야. 마왕군 간부를 연달아 퇴치했다고, 이상한 착각을 하지는 말란 말이야. 솔직하게 말해, 우리 파티는 문제가 많거든? 그러니까……. ……그렇게 눈을 반짝이며 나를 쳐다봐도, 절대 안 갈 거라고."

"—하아, 그 녀석은 왜 이러는 거야?"

그날 밤.

나는 내 방에서 두 팔을 베개 삼은 채 생각에 잠겼다.

그 녀석은 대체 무슨 생각을 하는 걸까.

아쿠아는 이 세계에 억지로 끌려왔으니 물론 돌아가고 싶을 것이다.

그래도 이렇게 대뜸 돌아가고 싶어 하는 건 좀 매정하잖아.

우리가 이렇게 삭막한 사이였냐는 생각이 들면서 좀 충격을 받았다.

……아니다. 메구밍의 말에 따르면 세레나의 꼭두각시가 된 마을 사람들이 아쿠아를 매정하게 대했을 때, 그녀는 정신적으로 상당한 충격을 받은 것 같았다.

분명 그런 일들 때문에 저러는 것이리라.

아쿠아는, 그 정도로 생각 없는 바보가…….

………….

……그저 천계에서 자신을 필요로 한다는 사실을 알고 흥분했을 뿐이며, 다른 녀석들과 만나지 못하게 된다는 데까지는 생각이 미치지 않은 걸지도 모른다.

뭐, 여신에게는 여신 나름의 감성과 생각이 있는 것이리라.

그 녀석도 자기를 숭배하는 신도를 둔 어엿한 신이니까.
이러쿵저러쿵 해도 우리는 꽤 오랫동안 알고 지냈다.
그런 아쿠아가 진심으로 원한다면 마왕 따위…….
마왕…… 따위…….
……무리다.

—그리고 얼마나 잠을 잤을까.
먼 곳에서 목소리가 들려왔다.

"…………받은………… 당신…………."

그것은 매우 기분 좋은 목소리였다.
그리고 그것을 듣자 마음속 깊은 곳에서 자신감이 샘솟는 듯한………….

"신들에게 선택받은………… 위대한 전설의…………."

그렇다. 나는 신에게 선택받은 전설의………….
……전설의?
나는 문뜩 눈을 떴다.
그러자, 나에게 귓속말을 하고 있는 누군가의 숨결이 느껴졌다.

“신들에게 선택받은 위대한 전설의 용사, 사토 카즈마여……. 당신의 손에, 인류의 운명이 걸려 있답니다……. 자, 지금 바로 마왕을 쓰러뜨리기 위해 일어서는 거예요……. 그리고 청초하고 아름다운 여신의 소원을 들어주세요……!”

옆을 바라보니 내 귓가에서 작은 목소리로 소곤거리고 있는 아쿠아와 시선이 마주쳤다.

“……너, 지금 뭐하고 있는 거야?”

“……자, 잠든 카즈마 씨의, 귀여운 얼굴이 보고 싶어서……”

나는 이불을 걷으며 벌떡 일어섰다.

“메구밍, 다크니스, 좀 와봐~! 아쿠아가 나를 보쌈하려고 내 방에 몰래 숨어들었어~!”

“와아아아~! 잘못했어요! 실은 세뇌하려고 했어요오오오!”

4

“저기, 카즈마. 이것 좀 봐.”

세레나가 체포되고 사흘이 흘렀다.

이미 대부분의 정보를 알아낸 건지 세레나를 왕도의 감옥으로 호송한다고 한다.

그리고 나는 전부터 레지나라는 이름이 마음에 걸렸는데, 이제야 그 이유를 눈치챘다.

일전에 루시즈 고스트라는 유령을 퇴치하러 갔을 때, 그녀가 숭배한다던 여신의 이름이 바로 레지나다.

루시가 마지막 레지나 교도라고 들었는데, 설마 마왕군 쪽에 신자가 있었을 줄이야…….

그러고 보니 나는 여신 레지나의 신도를 차례차례 해치웠다. 하지만 나도 한때는 레지나 교도였으니 부디 용서해줬으면 한다.

현재 나는 저택 거실의 소파 위에서 맨발로 책상다리를 한 채 장비를 정리하고 있었다.

매번 모험을 갈 때마다 포션과 스크롤을 장만했지만 아직 써본 적이 한 번도 없다.

나는 옛날에 게임을 할 때도 강력한 회복 아이템이 너무 아까워서 엔딩을 볼 때까지 쓰지 않는 타입이었다.

내가 바닐이 떠넘긴 민폐 아이템, 금단의 포션 시리즈를 보면서 이것들을 잘 써먹을 방법이 없는지 생각하고 있을 때였다.

다크니스도 내 옆에서 그 장비들을 흥미롭게 쳐다보고 있었는데 아쿠아가 종이 한 장을 나에게 내밀었다.

……어?

나는 작업을 멈춘 후 아쿠아가 내민 종잇조각을 받았다.

다크니스도 나와 함께 그 종이를 쳐다보았다.

그 종이에는 멋진 글씨체로 이런 제목이 적혀 있었다.

【마왕에 대한 호감도 앙케트】

"……마왕이라는 뉘앙스가 왠지 멋지다 (빵집 주인). 부하 몰래 야생 드래곤에게 먹이를 줄 것 같다 (애완동물가게 직원). 그것보다 돈을 빌려줬으면 한다 (양아치). 마왕성을 나가서 가게를 차릴 거라니까, 그거 참 좋은 생각이라며 돈을 빌려줬어요 (안색이 나쁜 점주). 마왕보다 이 몸이 더 강하다 (논외). 우리 아내가 마왕 (피곤해 보이는 아저씨). ……이게 뭐야?"

"아앗! 그, 그게 아냐! 그건 보여줘선 안 되는 앙케트를 모아둔 거야!"

이건 이미 앙케트라고 부를 수 없을 것 같은데…….

"자, 이걸 봐! 여기에는 마을 주민들이 마왕 때문에 얼마나 괴로워하고, 두려움에 떨고 있는지 적혀 있어!"

나는 아쿠아가 그렇게 말하고 내민 종이를 인상을 쓰며 건네받았다.

"……이 마을에 가게를 차렸지만 손님이 안 와요. 잘은 모르겠지만, 아마 마왕 탓일 거예요 (윤락업소 점장). 마왕이 무서워서 밤에 잠을 못 자서 낮잠을 자고 있습니다. 그 탓에 일을 하고 싶어도 할 수 없어요. 제가 부모한테 빌붙어 사는 건 전부 마왕 탓이에요 (백수 남성). 마왕이 실제로 존재하는 탓에 우리 신이 인기를 얻지 못해요 (파괴신 숭배자). 무서워. 마왕이 너무 무서워. 그리고 시원한 네로이드도 무서워 (극장 사람). 여친이 생기지 않는 건 마왕 탓 (중

년 남성). 남친이 생기지 않는 건 마왕 탓 (모험가 언니)……. 다시 한 번 묻겠어. 이게 대체 뭐야?"

내가 묻자 아쿠아는 경악에 찬 표정을 짓고 과장스럽게 뒷걸음을 쳤다.

"말도 안 돼! 카즈마는 곤경에 처한 마을 사람들의 목소리를 듣고도 아무 느낌이 들지 않는 거야?! 그러니까 파렴치한 여자의 백수 기둥서방이라는 소리를 듣는 거야!"

"어, 어이. 너, 방금 그냥 흘려들을 수 없는 소리를 했거든? 그게 대체 뭐야? 내가 꼭두각시 상태일 때 붙은 별명이야?"

내 말을 깔끔하게 무시한 아쿠아는 나를 손가락으로 가리켰다.

"모험가로서 부끄럽지 않은 거야? 카즈마가 이렇게 다크니스와 러브러브하는 사이에도, 이 세상 사람들은 마왕의 공포에 떨고 있단 말이야! 사과해! 모험가를 대표해 잘못했다고 사과해! 이 세상 사람들에게 사과해!"

"따, 딱히 러브러브하는 건 아니다! 카즈마가 뭘 하는 건지 궁금해서 쳐다보고 있었을 뿐이란 말이다!"

아쿠아는 자기 할 말을 전부 늘어놓은 후에야 내가 하는 일에 흥미를 가졌다.

"이게 뭐야~?"

"바닐한테서 받은 금단의 포션 시리즈야. 마시면 평생 마물이 몰려들게 되는 포션과, 모근이 사멸되는 대신 마력이 상승하는 포션, 마력을 전부 잃는 대신 레벨이 상승하는 포션, 그리고 이성에게 사랑받게 되지만 체취가 고블린의 악취로 변하는 포션도 있어. 이것들을 잘 써먹을 방법이 없나 고심 중이야."

쓸 만한 것은 모근 사멸 포션과 레벨업 포션이다.

이 두 개를 차례차례 마시면 상승한 마력을 이용해서 레벨을 단숨에 끌어올릴 수 있다.

하지만 문제는 부작용이다.

마력을 잃어서 마법을 쓸 수 없게 될 뿐만 아니라 대머리가 되어버리는 것이다.

여차할 때 단숨에 고레벨이 될 수 있는 건 좋지만 회복마법으로 탈모를 고칠 수 있는지가 문제다.

아니, 그 이전에 마법을 쓸 수 없게 되는 것도 큰 문제인데…….

아쿠아는 효능을 듣고 무심코 뒷걸음질을 쳤지만 다크니스는 나를 향해 고개를 쑥 내밀었다.

"어이, 카즈마. 마물이 몰려들게 된다는 포션을 나에게 팔아라."

"절대 안 팔 거야."

5

세레나를 왕도까지 호송하라는 의뢰가 우리에게 들어왔다.

그리고 왕도 측의 인수 및 호송 준비에 좀 더 시간이 걸린다고 한다.

그런 대의명분이 생겼기에 나는 거리낌 없이 백수 생활을 만끽하고 있었다.

"꼬끼오———!"

하지만—.

"꼬끼오~! 꼬꼬꼬꼬!"

"안 돼, 젤 킹! 울음소리 내지 마! 저 남자는 트집거리가 생길 때마다 너를 저녁 반찬거리로 삼겠다고 떠들어댄단 말이야! 쓰레기로 널리 알려진 카즈마 씨라면 서슴없이 그런 짓을 벌일 거야! 잘 들어. 빨리 귀엽고 얌전했던 그 시절로 돌아가. 와일드해진 너도 정말 아름답고 고귀해 보이지만, 벌써부터 난동을 부리면 안 돼. 마왕을 퇴치하기 위해선 드래곤인 네 힘이 필요할 거야. 우리를 태우고 날 수 있을 만큼 성장할 때까지는 조용히 힘을 축적하는 거야."

"꼬끼오오오오오오오오!"

"안 돼, 젤 킹! 조용히 해!"

"네가 더 시끄럽거든?! 아침부터 뭐하는 거냐고! 좀 조용히 해애애애!"

나는 침대에서 뛰쳐나온 후 창문을 열어젖히고 고함을 질렀다.

내 방 아래편에는 젤 킹의 닭장이 있다.

거기서 아쿠아와 젤 킹이 떠들고 있었다.

"그 녀석은 마력이 어마어마하기 때문에, 성장하는 데 시간이 걸린다며?! 왜 닭이 된 거냐고!"

"이 애는 수수께끼에 휩싸인 슈퍼 생물, 드래곤이거든. 분명 마왕을 쓰러뜨린다는 사명감에 불타올라, 불가사의한 파워로 성장한 게 틀림없어."

닭장에서 아쿠아가 주는 모이를 쪼아 먹는 중인 젤 킹은 어찌된 영문인지 병아리에서 고급 닭고기로 클래스체인지를 했다.

"불가사의한 파워는 무슨! 헛소리 작작 하라고! 빨리 그 닭을 조용하게 만들어! 안 그러면 확 오늘 저녁 반찬거리로 삼아 버릴 거야!"

아쿠아는 내 말을 듣더니 믿기지 않는 말을 들은 것처럼 경악에 찬 표정을 지었다.

"젤 킹, 내가 저 악마를 막을 테니까 너는 빨리 도망쳐! 내 걱정은 하지 말고 도망쳐! 그리고 네가 어엿하게 성장한 후, 함께 마왕을 퇴치하러 떠나자! 3번가의 정육점 아저씨를 조심해!"

"꼬끼오, 꼬꼬……."

"아앗, 젤 킹! 나를 두고 도망칠 수 없다는 거니? 좋아, 함께 저 악마와 싸우자! 이 엄마가 너를 꼭 지켜줄게!"

아쿠아는 이상한 연기를 하면서 젤 킹을 닭장에서 꺼내더니 꼭 안아줬다.

"됐으니까 잠 좀 자게 조용히 좀 해줘. 응? 제발 부탁이야."

"그럼 이제 젤 킹을 잡아먹겠다는 소리를 안 할 거지?"

"알았어. 이제 그런 소리 안 할게. 대신 닭장을 다른 곳으로 옮겨."

내가 그렇게 말하자 아쿠아는 양손으로 눈높이까지 들어올린 젤 킹을 향해 「힘이 센 다크니스한테 네 집을 옮겨달라고 부탁할게」라고 말했다.

그 말을 듣고 울상을 짓는 다크니스의 모습이 눈앞에 선했다.

"……그런데 너는 아직도 마왕을 퇴치하겠다는 소리를 하는 거야? 이제 그만 포기해. 마왕성에는 남은 마왕군 간부 중 한 명인 마왕의 딸이 있는 데다, 정예 몬스터들이 우글거리고 있을 거야. 그런 위험한 일은 센 사람들한테 맡기고, 우리는 느긋하게 살자. 걱정하지 마. 누군가가 마왕을 퇴치해줄 거야. 저택과 명성, 그리고 돈도 있는 우리의 인생은 이제부터 본격적으로 시작될 거라고."

창틀에 팔꿈치를 올려놓은 내가 2층에서 내려다보며 그렇게 말했고 아쿠아는 젤 킹을 안은 채 고개를 절레절레 저었다.

"이래서 평화에 찌든 일본인은 문제라니깐……. 왜 매사가 좋은 쪽으로 풀릴 거라고 생각하는 건데? 그렇게 정신적으로 물러 터졌으니까, 카즈마 씨는 유리멘탈 개복치처럼 픽픽 죽는 거야."

아쿠아는 젤 킹을 자기 눈높이까지 들어 올리더니 시선을 맞추며 안 그래~? 라고 말했다.

인마. 나는 너희가 저지른 일의 뒤처리를 하다 죽는 거라고.

아쿠아는 내가 2층에 있어서 자기한테 해를 못 끼칠 거라고 생각하는 건지, 해도 될 말 안 될 말 가리지 않고 전부 늘어놓았다.

"평화에는 적당히 찌드는 게 어때? 현재 이 세계는 전쟁 중이라고요~. 이제부터 마왕의 딸이 이끄는 대군이 왕도로 쳐들어올 거란 말이야. 게다가 이 마을에도 적이 쳐들어올…… 거라고……."

평화에 찌들었다는 말을 들어도 영 확 와닿지는 않았다.

이것이 오랫동안 평화에 익숙해진 일본인의 본성…………

……응?

"왜, 왜 갑자기 입만 뻐끔거리는 거야? 남한테 개복치처럼 죽는게 취미냐고 말하더니, 자기는 잉어 흉내 내는 거야? 너답지 않게 수준 낮은 개인기네."

나는 2층에서 아쿠아를 흉내 내듯 입을 뻐끔거렸다.

바로 그때, 아쿠아는 허둥지둥 젤 킹을 닭장에 집어넣고 외쳤다.

"아냐! 맞아, 마왕이야! 저기, 카즈마! 지금이 바로 마왕을 해치울 기회야!"

아직도 그런 소리를 늘어놓는 거냐.

"아, 앗! 기다려! 카즈마 씨, 다시 침대에 들어가지 말고, 내 말 좀 들어봐! 마왕의 딸이 대군을 이끌고 왕도를 공격한다면, 마왕성은 텅텅 비지 않겠어?! 게다가 이 마을도 공격할 거잖아……! 그 녀석들은 결계가 있으니까 마음 놓고 대군을 이번 작전에 투입할 거야! 병력이 다 나간 후에 마왕성에 쳐들어가면, 그 성에는 마왕만 있을지도 몰라! 안 그래? 결계가 있으니 마왕성을 지킬 병력을 남길 필요가 없잖아! 그러니까 이때가 바로 마왕을 퇴치할 절호의 기회 아닐까?!"

……확실히 평상시에 쳐들어가는 것보다는 나을지도 모르지만…….

"그건 그렇지만……. 아, 너한테 물어볼 게 있어. 회복마법으로 탈모를 치료할 수 있는 거야?"

"화상 때문에 사멸한 모근이라면 몰라도, 보통은 치료가 안 될 거야. ……저기, 카즈마. 도움이 되지 못해서 미안해……."

"나는 아직 머리가 안 벗겨졌어! 금단의 포션 시리즈 중에 대머리가 되지만 마력이 상승하는 녀석이 있거든?! 그걸 마신 후에 마력을 레벨로 바꾸는 포션을 마시는 건 어떨까 싶어서 물어본 거라고!"

하마터면 탈모에 걸렸다는 오해를 살 뻔한 내가 필사적으로 변명을 하자—.

"없어."

"……응? 없다고? 뭐가 말이야?"

아쿠아는 젤 킹을 안아 들어서 자랑하듯 보여주더니—.

"마력을 레벨로 바꾸는 포션이라면 이 애한테 썼어. 이 멋진 체구를 잘 봐. 이대로 쑥쑥 크면 한 10년 후에는 마왕도 한방에 해치워버릴 것 같지 않아?"

자랑스럽다는 말투로 그렇게 말했다.

"뭐어?! 인마! 너, 비장의 카드가 될지도 모르는 포션을 그런 녀석한테 쓴 거냐?! 너는 왜 이렇게 바보인 거야?! 왜 매번 남의 계획을 뒤엎어버리는 거냐고!"

"왜, 왜 그래?! 화내지 마! 젤 킹이 레벨업을 해서 급격하게 성장하면, 마왕도 해치울 수 있을 거라고 생각했단 말이야! 자, 봐! 정말 강해진 것 같지 않아?!"

아쿠아가 안고 있는 닭고기를 2층에서 내려다본 나는—.

"……훗."

코웃음을 쳤다.

"—두 사람 다 아침부터 뭘 그렇게 떠들어대고 있는 것이냐. 카즈마, 아침 식사가 다 됐으니까……. ……왜, 왠지 즐거워 보이는구나……."

나를 깨우러 온 다크니스가 우리를 보더니 그런 느긋한

소리를 입에 담았다.

“인마, 그만해! 창문에 구멍이 뚫리면 모기가 들어올 거라고! 창문이 깨지면, 수리될 때까지 확 너와 방을 바꿀 거야! 『윈드 브레스』!!”

“마법을 쓰는 건 반칙 아냐?! 자기 방 창문이 깨지는 게 싫으면, 마왕 퇴치를 좀 더 긍정적으로 검토해줘!”

아쿠아는 정원에 떨어져 있는 돌을 주워서 내 방 창문을 향해 던졌다.

나는 그 돌을 바람 마법으로 격퇴했다.

하지만 이대로는 불리했다.

“『크리에이트 워터』!”

아쿠아의 머리 위편에 갑자기 물이 생겨나서 그대로 아쿠아를 덮쳤다.

아쿠아는 물에 빠진 생쥐 꼴이 됐지만 의기양양한 표정을 짓고 입을 열었다.

“기특하게도 물의 여신님에게 물을 서비스해주는 건가요? 혹시 잊은 거야? 나는 물속에서도 얼마든지 생활할 수 있거든? 좀 더 추운 계절이라면 몰라도, 이런 건 나한테 포상…….”

나는 아쿠아가 말을 끝까지 잇기도 전에 또 마법을 사용했다.

“『크리에이트 어스』!”

“그, 그건 안 돼애애애~!”

물에 흠뻑 젖은 아쿠아를 향해 대량의 흙이 쏟아졌다.

—아쿠아를 울리고 만족한 나는 1층 거실로 내려갔다.

그곳에는 홍마족 로브 차림으로 한 손에 지팡이를 쥐고 있는 메구밍이 소파에 앉아서 차를 마시고 있었다.

"왔군요, 카즈마. 식사를 마친 후에 저와 같이 어디 좀 가지 않겠어요? 제 볼일의 입회인이 되어줬으면 해요."

참고로 흙투성이가 된 아쿠아는 목욕을 하러 갔고 다크니스는 아쿠아의 단벌옷인 날개옷을 빨고 있었다.

"뭐, 좋아. ……그런데, 입회인? 뭔가 결투라도 하러 가는 것 같네."

## 6

"우리는 친구 사이잖아! 응?! 친구 사이 아니었어?! 절친이었던 거 아냐?! 얼마 전에 홍마의 마을에서 영원한 라이벌 선언을 한 사이인데, 왜 이렇게 되어버린 거야?!"

"영원한 라이벌 선언을 한 사이이기 때문이에요! 중요한 이야기가 있으니 숲으로 와줬으면 한다는 내용의 편지를 저한테 보냈잖아요! 자, 빨리 덤벼보세요!"

마을 인근에 펼쳐져 있는 숲 안.

메구밍은 금방이라도 울음을 터뜨릴 것 같은 표정으로 손을 부들부들 떨면서 겁에 질려 있는 융융과 대치한 채, 지팡이를 휘두르며 전의를 불태우고 있었다.

"뭐야. 융융이 결투 신청을 한 거구나."

"아니에요! 아니라고요! 결투를 하려는 게 아니에요! 메구밍에게 할 이야기가 있어서 부른 것뿐이라고요!"

융융이 내 말을 듣고 울먹거리기 시작한 가운데, 메구밍이 위협을 하듯 지팡이를 휘둘러댔다.

"그럼 왜 이렇게 인적이 드문 곳으로 부른 거죠?! 할 이야기가 있다면 저희 집으로 찾아오면 되잖아요!"

"뭐?! 그, 그게…… 카즈마 씨와 좋은 시간을 보내고 있을 때 방해하기라도 했다간, 메구밍이 다시는 오지마라는 소리를 할 것 같아서……. 여자들의 우정 같은 건 연애 앞에서는 휴지보다도 가볍다고 책에 적혀 있었거든……."

융융은 말끝을 흐리며 자신 없는 투로 메구밍의 질문에 답했다.

"평소에도 사사건건 남들에게 방해를 받으니까, 그 정도 일로는 화내지 않는다고요! 그리고 타이밍이 나쁘거나 방해가 될 때에는 돌아가라고 말한 뒤 쫓아버릴 거예요!"

"뭐?!"

그러면 괜히 더 충격을 받을 것 같은데…….

"그런데 융융의 볼일은 결국 뭐야?"

내가 그렇게 묻자 융융은 메구밍에게 편지를 내밀었다.

"홍마의 마을에서 온 편지인데……."

메구밍은 건네받은 편지를 읽어보기 시작했다.

"……마왕군이 총력을 모아 왕도를 침공하려 한다. 국가에서 홍마의 마을에 왕도 방위를 요청했으니, 각지의 홍마족은 집결하라……라고 적혀 있군요. ……후후, 드디어 제 힘을 필요로 하는 거군요. 좋아요! 융융, 그럼 함께 마왕군……을…………."

편지를 읽던 메구밍이 갑자기 입을 다물었다.

그런 메구밍을 본 융융이 머뭇거리면서 입을 열었다.

"저기……. 일단, 메구밍에게도 보여주라고 적혀 있어서……. 그, 그러니까……."

나는 딱딱하게 굳어버린 메구밍의 옆으로 가서 그 편지를 훔쳐보았다.

그 편지에는―.

"……어, 융융의 이름이 1군 첫머리에 적혀 있네. 역시 차기 족장다워. 메구밍의 이름은……. 2군 끄트머리에 적혀 있잖아. 그리고 메구밍 옆에만 (보결)이라고 적혀 있어."

"메구밍은 상급 마법을 못 쓰잖아요. 그래서 보결인 거라고………… 아아앗~!"

메구밍은 들고 있던 편지로 종이비행기를 만들더니 숲을 향해 날렸다.

"뭐하는 거야?! 그 편지는 다른 홍마족에게도 보여줘야 한단 말이야!"

융융이 메구밍을 향해 그렇게 외쳤지만 당사자는 들은 척도 하지 않았다.

"그런 건 아무래도 상관없어요. 그것보다 융융, 당신은 어떻게 할 거죠? 액셀에 돌아온 지 얼마 안 되었는데, 다시 홍마의 마을로 돌아갈 건가요?"

메구밍이 그렇게 말하자 융융은 입을 다물었다.

할 말이 있는 것 같지만, 하지 못했다.

융융이 그런 태도를 취하고 우물쭈물하자—.

"이 애는 정말 못 말린다니까요! 차기 족장이 됐으면서, 왜 항상 이렇게 꾸물대는 건지 모르겠어요! 할 말이 있으면 딱 잘라서 하란 말이에요!"

"아야야야얏! 말할게 말할 테니까 머리카락 잡아당기지 마! ……저, 저기……. 이 마을에도 마왕의 수하가 쳐들어온다고 들었어……. 그리고 여기에도, 치, 친구…… 지인이 꽤 있거든……."

융융은 고개를 숙인 채 손가락을 꼼지락거리며 작은 목소리로 그렇게 말했다.

……아, 그래.

"마을 사람들이 돌아오라고 했지만, 가능하면 이 마을에 있는 친구들을 지키기 위해 여기 남고 싶은 거구나."

“어! 아, ……예. 치, 친구……. 친구가, 몇 명이나 생겼거든요……!”

친구라면 그 녀석들을 말하는 걸까.

융융은 요즘 들어 가능하면 얽히지 않는 편이 나은 녀석들과 어울려 다니고 있었다.

얽히지 않는 편이 나은 녀석들이란, 이 마을에 사는 양아치와 파리만 날리는 마도구점의 가면 점원이다.

내 말을 듣고 연거푸 고개를 끄덕인 융융의 표정이 점점 어두워졌다.

“하지만 홍마의 마을에서 이렇게 일족을 소집하는 건 흔한 일이 아니에요. 그런 만큼, 차기 족장인 제가 이 소집을 무시할 수도 없거든요…….”

……그래. 그래서 어쩌면 좋을지 메구밍과 상의하려고 한 건가.

한편, 자초지종을 알게 된 메구밍은 융융이 아니라 다른 곳을 쳐다보고 있었……, 어이!

“메구밍, 잠깐만 기다려! 대체 뭘……!”

내가 말리기도 전에 메구밍이 고함을 질렀다.

“『익스플로전』~!!!!”

느닷없이 이 숲에 폭렬마법이 작렬했다.

그것으로 아까 메구밍이 편지를 접어서 날렸던 일대가 흔적도 없이 소멸되었고—.

"앗~! 메구밍, 뭐하는 거야?! 그 편지, 아직 다른 사람들에게 보여주지 않았단 말이야! 어, 어쩌면 좋지……?!"

융융이 머리를 감싸 쥔 채 그렇게 외쳤다.

마법을 날린 메구밍은 의기양양한 표정을 짓고 금방이라도 쓰러질 것처럼 휘청거리면서 내 쪽을 돌아보았다.

내가 그런 메구밍을 부축한 뒤 마력을 주입하자—.

"카즈마, 어때요? 이게 바로 1군에 속해야 마땅한 진정한 홍마족의 실력이에요!"

메구밍이 자신만만한 어조로 그렇게 말했고 융융은 울상을 지으며 그녀에게 따졌다.

"어, 어떻게 해? 저기, 어떻게 하면 좋을까? 아니, 그것보다 왜 메구밍은 매번 나를 곤경에……!"

"시끄러워요, 이 소심한 아가씨야! 그 편지는 우편 배달부가 야생 오크에게 잡혔다거나, 집에서 기르는 산양 타입 악마가 먹었다고 대충 둘러대면 돼요! 이 마을을 지키고 싶죠? 융융은 괜한 생각하지 말고 좀 뻔뻔하게 살라고요!"

메구밍은 그런 어이없는 소리를 늘어놓았고, 융융은 희미하게 볼을 붉히면서 난처함과 약간의 기쁨이 섞인 미묘한 표정을 지었다.

메구밍이 편지를 없애면서까지 자신을 신경써준 게 조금

기쁜 것 같았다.

메구밍이 당당히 가슴을 펴고 그런 뻔뻔한 소리를 늘어놓자, 융융은 그런 그녀가 눈부시다는 듯 쳐다보고 배시시 웃었다.

확실히 융융은 메구밍의 저런 뻔뻔함을 본받는 편이 좋을 것 같다는 생각이 들었다.

하지만—.

나는 메구밍의 등을 쳐다보고 한 마디 했다.

"너, 자기가 보결 취급을 당해서 안 가기로 작정한 거지?"

"윽?!"

메구밍은 내 말을 듣자마자 움찔했다.

# 최종장 이 풋내기 마을과 결별을!

## 1

"……빠. ……오……빠, 일어나……."

이불이 무겁다.

그리고 왠지 먼 곳에서 목소리가 들려오는 느낌이 들었다.

그것은 너무나도 상냥하고, 또한 내가 오랫동안 바라왔던 목소리…….

"오빠, 일어나! 이러다 지각할 거야! 자, 서둘러!"

오빠.

나는 그 감미로운 말을 듣고, 눈을 떴다.

"안녕, 오빠! 자, 오늘도 힘차게 마왕을 퇴치하러 가자!"

이불 너머에서는, 연령 미상의 자칭 여동생이 내 몸 위에 걸터앉아서 그런 소리를…….

"우랴아아아아압!"

"오빠~!"

나는 몸을 일으키며 이불의 끝자락을 잡아당겨서 그 위에 앉아있는 아쿠아를 침대 아래로 굴러 떨어뜨렸다.

그리고 나는 굴러 떨어진 아쿠아에게는 눈길도 주지 않고 이불을 뒤집어쓴 뒤 다시 침대에 벌러덩 드러누웠다.

그 후 이불 밖으로 얼굴을 빼꼼 내밀어 카펫 위를 굴러다니고 있는 아쿠아를 힐끔 쳐다보며 말했다.

"오늘 건 조금 좋았어."

"역시 로리콤인 카즈마 씨에게는 오빠라는 말이 효과적인 것 같네."

아쿠아는 그렇게 말하고 몸을 일으켰다.

—요즘 들어 아쿠아는 매일 같이 이런 짓을 벌였다.

내가 마왕을 퇴치할 마음을 먹게 만들기 위해 별의별 수단을 다 동원하고 있었다.

"저기, 카즈마. 이제 그만 마음을 돌릴 때가 되지 않았어? 우리가 문제를 일으키면 울상을 지으면서도 어떻게든 해결해주는 게 카즈마 씨의 장점이잖아?"

"나를 무슨 소원이든 다 들어주는 램프의 요정으로 착각하는 거 아냐? 원래라면 여신인 네가 마지막에 이르러선 어떻게 해야 하는 게 정상 아니냐고."

내가 그렇게 빈정거렸지만 아쿠아는 들은 척도 하지 않고 침대 옆에 털썩 주저앉았다.

그리고 카펫 위에서 무릎을 꼭 끌어안더니—.

"내가 할 수 있는 건 물의 정화와 악마 및 언데드 퇴치, 그리고 소생 정도야. 여신이라고 해봤자 그렇게 대단한 존재가 아니거든?"

"너, 너, 결국 뻔뻔하게 나오기로 작정한 거냐. 여신이라면 마왕 정도는 봉인해보란 말이야. 사악한 존재를 봉인하는 것도 여신의 소임 같은 거잖아."

아쿠아는 무릎을 꼭 끌어안은 채, 이불 위에서 내 하반신 쪽을 지그시 쳐다보았다.

"지금 내가 할 수 있는 건, 저런 저속한 존재를 봉인하는 것뿐이야."

"하, 하지 마……. 하지 마세요. 아침이니까 어쩔 수 없다고요. 그, 그것보다……."

나는 말을 돌리기 위해 누운 채로 아쿠아를 향해 고개만 돌렸다.

"지금 상황에서는 결계를 박살낼 수 있다고 장담할 수 없는 거지? 그리고 마왕군 간부를 한 명만 더 해치우면 성의 결계를 네 힘으로 확실하게 해제할 수 있는 거잖아? 그렇다면, 그때까지 기다리자고."

정체불명의 마왕군 간부는 이제 한 명 뿐이다.

"마지막 간부는 마왕의 딸이라며? 얼마나 강한지 모르겠지만, 왕도로 쳐들어온다면 그 녀석도 무사하지는 못할 거야. 왕도에는 치트 보유자들이 우글거리잖아. 게다가 그곳에는 세계 최강인 내 여동생이 있어. 마왕의 딸이 당하고 나면, 이 나라의 높으신 양반들에게 호위를 붙여달라고 부탁해서 결계를 해제하러 가자. 이 나라의 강한 사람들이 마왕의 딸에게 진다면, 그때 가서 다른 방법을 강구해보자고."

어처구니없을 정도로 약아빠진 방법이지만 내가 할 수 있는 건 어차피 이 정도다.

지금까지는 운이 좋아서 어떻게든 됐지만 이번만큼은 그렇게 될 리가 없다.

우리는 영웅도 아니고, 용사도 아니다.

웬만한 모험가 파티보다도 더 쓸모가 없는 그룹이다.

지금까지 전멸하지 않은 게 불가사의할 레벨…….

"간부. 마왕군 간부를 한 명만 더……."

아쿠아는 무릎을 꼭 끌어안은 채 계속 중얼거렸다.

……응?

"어이, 왜 그……."

"맞아! 마왕군 간부를 한 명만 더 해치우면 돼! 그러면, 결계를 확실하게 해제할 수 있어! 그렇게만 된다면 누군가가 마왕을 해치워줄지도 몰라! 응! 틀림없어!"

느닷없이 자리에서 벌떡 일어선 아쿠아가 그런 소리를 늘어놓았고…….

어이, 설마……!

“나 좀 나갔다 올게!”
“어이, 기다려! 기다리라고!”
아쿠아는 내 말을 무시하며 그대로 방에서 뛰쳐나갔다.

—꼭두새벽부터 저택을 뛰쳐나간 아쿠아를 말리기 위해 뒤를 쫓던 나는 결국 목적지에 도착했다.
분하지만 나보다 아쿠아가 발이 더 빠르다. 기본 스테이터스에서 차이가 나는 것이다.
“위즈는 어디 있어?! 숨겨주지 말고 빨리 내놔~!”
“남의 말을 듣지 않는 녀석이구나! 농땡이 점주라면 외출 중이라고 내가 말했지 않느냐! 눈만 뗐다 하면 아무 짝에도 쓸데없는 물건을 사들이는 그 얼간이 점주를 이 몸도 찾고……, 어, 어이! 이제 그만 가면에서 손을 떼라!”
아니나 다를까, 위즈의 가게에서 시끌벅적한 목소리가 흘러나왔다.
아무래도 위즈는 가게에 없는 것 같았다.
내가 가게에 들어가 보니 그곳에는 아쿠아가 바닐의 가면을 잡아 뜯기 위해 버둥대고 있었다.

바닐은 격렬하게 저항하면서 가게 안으로 들어온 나를 쳐다보았다.

"크어어어어서오십시오! 개주인이여, 이 광견 여신을 좀 말려봐라!"

"나는 저런 애완동물 안 기르니까 그런 소리 하지 마. 그것보다 위즈는 가게에 없는 거야? 그리고 이야기를 못 나누겠으니까 그만 좀 해."

내가 그렇게 말하자 아쿠아는 투덜대면서 바닐의 가면에서 손을 뗐다.

"저기, 괴짜 악마. 네 힘이 진짜라면, 위즈가 지금 어디에 있는지 내다볼 수 있지 않아?"

"흥, 멍청한 녀석. 전지전능을 자처하면서도 아무 짝에도 쓸모없는 신들이여. 그 사기나 다름없는 과대 광고와 이 몸의 힘을 똑같이 취급하지 마라. 그리고 예전부터 말했을 텐데? 강한 힘을 지닌 상대는 내다보기 힘들다고 말이다. 그 얼간이 점주는 장사에 재능이 없기는 해도 뛰어난 힘을 지녔지."

바닐은 흐트러진 옷매무새를 고치면서 그렇게 말했다.

"잘난 척 말을 늘어놓고 있지만, 결국 모른다는 거잖아. 너는 중요할 때는 전혀 도움이 안 되네. 내 입으로 이런 소리를 하는 건 좀 그렇지만, 진짜 나보다 쓸모가 없다니깐."

"……좋다. 오랜만에 이 몸의 진정한 힘을 보여주마. 밖으로 따라 나와라. 오늘이야말로 지긋지긋한 신과 결판을 내고 말겠다.”

이 녀석들은 정말 사이가 나쁘네…….

내가 가게 입구에 서서 그런 생각을 하고 있을 때 등 뒤에서 기척이 느껴졌다.

고개를 돌리자, 내 눈에는—.

“아, 카즈마 씨와 아쿠아 님. 어서 오세요! 마침 잘 오셨어요. 실은 재미있는 제품을 구했답니다……!”

위즈는 그렇게 말하고 행복으로 가득 찬 미소를 짓더니 자신의 뒤를 따르고 있는 펭귄이 안아들고 있던 종이봉투를 나에게 보여줬다.

바닐은 그것을 보자마자 그대로 굳어버렸다.

아쿠아는 위즈의 말을 듣고 흥미가 동한 건지 펭귄에게 다가가서 종이봉투 안을 쳐다보았다.

펭귄이 뱀과 마주친 개구리처럼 딱딱하게 얼어붙은 가운데, 나는 꼼짝도 하지 않는 바닐을 대신해 위즈에게 물어보았다.

“으음……. 뭘 사온 거야?”

“궁금하죠?! 그럼 가르쳐 드릴게요!”

위즈는 희희낙락하면서 종이봉투 안에 든 내용물을 꺼내어 나에게 보여주었다.

그것은…….

"……테루테루보즈#1?"

"테루테루보즈가 뭐죠? 이건 날씨 제어가 가능한 강력한 마도구예요. 이걸 처마 끝에 매달아두기만 하면 강제적으로 날씨가 맑아져요! 날씨 제어 마법을 쓰기 위해선 원래 장시간의 의식과 희귀한 촉매를 잔뜩 준비해야 하죠. 그런데 이건 그냥 매달아놓기만 하면 돼요! 어떤가요? 대단하죠? 대단하죠?!"

그거 참 대단하네.

확실히 대단하긴 한데—.

"……그런데, 결점은 없는 거야? 한 번 쓰면 10년 동안 비가 내리지 않게 된다거나……. 방대한 마력이 필요하다거나……."

"부작용 같은 건 없답니다. 저도 바닐 씨한테 툭하면 혼나면서 나름대로 학습이라는 걸 했죠! 어느 정도 마력을 지닌 사람이 직접 마력을 주입한 후에 처마 끝에 매달기만 하면 발동돼요. 그리고 쓸 수 있는 계절이 한정되어 있기는 하지만 결점은 없어요! 어떤가요? 정말 잘 샀죠?"

딱딱하게 굳어버렸던 바닐이 천천히 이쪽으로 걸어왔다.

바닐은 위즈가 자랑스레 보여준 그 테루테루보즈처럼 생긴 물건을 집어 들면서 입을 열었다.

"그런데, 이 도구를 사용할 수 있는 계절은 언제지?"

"지금이에요! 이 계절 한정 상품이죠! 모처럼 샀는데 바로

---

#1 **테루테루보즈(てるてる坊主)** 날이 맑아지기를 기원하며 처마 끝에 매다는 종이인형.

쓰지 못한다면 쓸모가 없으니까요. 제가 그런 실수를 범할 리 없잖아요? 바닐 씨는 참 걱정이 많다니까요."

"…………손님, 잠깐 나 좀 보자꾸나."

바닐은 만면에 미소를 지은 위즈를 그대로 내버려둔 후 내 어깨를 움켜쥐고 가게 구석으로 끌고 갔다.

"……미리 말해두겠는데, 나는 안 살 거야."

"너무 그러지 마라. 이 잡동사…… 멋진 상품에서는 확실히 강력한 마력이 느껴진다. 성능 하나는 틀림없을 테지."

이 녀석이 이런 소리를 하는 걸 보면 성능 하나는 확실할 것이다.

위즈는 상품을 들일 때 상품이 지닌 마력의 크기를 잣대로 삼는다고 들었다.

하지만, 나는 의문에 휩싸였다.

"요즘 들어 비가 내린 적이 없는 것 같은데……. 이 지방에서 이 계절에 비가 내리긴 하는 거야?"

"……20년 쯤 전, 이 계절에 딱 하루만 보슬비가 내린 적이 있다."

"안 사."

나는 딱 잘라 그렇게 말했고 바닐이 나를 향해 얼굴을 쑥 내밀었다.

"너무 그러지 마라. 이 세계는 넓지. 이 시기에 비가 내려서 곤경에 처한 지역이 있을지도 모른다. 그런 지역이라면,

분명 이걸 애용할 거다. 그리고 이걸 산다면, 덤으로 금단의 포션 시리즈 제2탄도 끼워주지."

"안 사. 그리고 우리 아쿠아도 비슷한 아이템을 만들 수 있거든? 꽤 예전에 테루테루메구밍을 만든 적이 있다고."

"게다가 점주 몰래 개발한 차기 주력 상품, 실물 크기 섹시 점주 허그베개도 끼워주마."

"안 산다니……. ……어이, 자세하게 이야기해봐."

나와 바닐이 가게 구석에서 몰래 그런 이야기를 나누고 있을 때…….

"저기……? 아쿠아 님, 왜 그러시죠?"

위즈가 의아함이 묻어나는 목소리로 그렇게 말했다.

"—위즈. 그러고 보니 우리가 만나고 1년 넘게 지났네. 참 아이러니해……. 나는 여신이고, 너는 리치. 원래라면 결코 서로를 용납할 수 없는 사이잖아!"

"벌써 시간이 그렇게 흘렀군요. ……아, 마도구뿐만 아니라 쿠키도 사왔어요. 아쿠아 님, 드실래요?"

"먹을래. ……내가 하려는 건 그런 이야기가 아냐. 저기, 위즈. 우리는 너무 친해진 것 같아. 원래라면 너를 보자마자 정화시키는 게 내 소임이야. 맞아, 신과 언데드는…… 우리는 절대 서로를 용납할 수 없는 존재인데……!"

아쿠아는 위즈에게 받은 쿠키를 오독오독 씹어 먹으면서

그렇게 말했다.

위즈와 아쿠아 사이에서 흐르는 불온한 분위기를 감지한 바닐이 성큼성큼 걸어가서 두 사람 사이에 섰고, 마스코트 펭귄, 아니, 제레실트도 부들부들 떨면서 위즈의 옆에 섰다.

아쿠아도 진심은 아닐 거라고 생각하는데…….

바닐은 위즈를 감싸듯 아쿠아를 막아서서 입가를 일그러뜨렸다.

"무슨 꿍꿍이냐, 폭력 여신. 지금, 네 녀석에게서는 흉흉한 기운이 흘러나오고 있구나. 무슨 일이 있는 건지는 모르겠지만, 이 가게에서 난동을 부린다면 막대한 수리비용을 청구해주마. 그걸 감수할 각오가 됐다면, 덤벼봐라."

그렇게 말한 바닐이 오른손 검지를 까딱이며 아쿠아를 도발했다.

하지만 아쿠아는 그런 바닐을 무시하고 말을 이었다.

"위즈……. 이해해줘. 이 세상의 평화를 지키기 위해, 너를 해치워야만 해! 친구인 너를 해치우려니, 나도 마음이 아파! 하지만 부탁할게, 위즈! 나, 천계에 돌아가고 싶어! 안 아프게 없애줄 테니까, 흙으로 돌아가 줘!"

아쿠아는 연기를 하는 듯한 톤으로 그렇게 말하고 전투 태세를 취했다.

그 모습을 본 위즈는 그저 영문을 모르겠다는 듯 어리둥절한 표정을 지었다.

그리고 고개를 갸웃거린 뒤—.

"……제가 흙으로 돌아가면, 아쿠아 님은 천계로 돌아갈 수 있으신 건가요?"

—라고 별일 아니라는 투로 말했다.

"그래! 유감이야, 위즈! 여의치 못한 사정 때문에, 이제는 눈감아줄 수가 없어! 원망할 거면 얼마든지 해! 하지만, 나는 여신으로서……!"

"좋아요."

"여신으로서……! ……정말 괜찮은 거야? 저기, 위즈. 그렇게 함부로 삶을 포기하면 안 돼. 목숨을 뭐라고 생각하는 거야? 그러면 천벌 받을 거야."

위즈를 해치우겠다고 떠들어댄 놈이 무슨 소리를 하는 거냐, 리치인 위즈에게 목숨이 있긴 한 거냐, 같은 태클이 내 머릿속을 스쳤다.

한편, 아쿠아가 태클 걸 곳이 넘쳐나는 발언을 입에 담는 와중에도 위즈는 여전히 어리둥절한 표정을 짓고 있었다.

"제가 정화되면, 아쿠아 님은 천계로 돌아가실 수 있는 거죠? 잘은 모르지만, 피치 못할 사정이 있으신 거죠? 오랫동안 알고 지냈잖아요. 저는 아쿠아 님이 어떤 분인지 알아요. 실은 자비심이 깊고 상냥한 분이시죠. ……그런 아쿠아 님이 저를 정화하려 하신다면, 순순히 응하겠어요."

위즈가 그런 뜻밖의 말을 늘어놓자 이번에는 바닐이 당황했다.

"위즈, 무슨 소리를 하는 거냐! 너, 이 몸과 한 약속을 잊은 것이냐?! 악마와의 계약을 어기려 하다니, 배짱 한 번 좋구나! 네 녀석이 승천하면, 이 몸의 던전은 누가 만드느냔 말이다! 이 몸은 던전을 손에 넣기 위해서, 지금까지 네 가게에서 일한 거란 말이다!"

위즈는 그 말을 듣고 놀라더니 곧 빙긋 미소 지으며 입을 열었다.

"바닐 씨. 이번에야말로 제대로 저의 이름을 불러주셨군요. 약속을 지키지 못해 죄송해요. ……저기, 저한테는 리치인 지인이 있어요. 지금은 깊은 숲속에 있는 저택에서 기나긴 잠에 빠져 있지만 그 분을 소개해드릴 테니, 이해해주세요……."

바닐은 그 말을 듣고 이를 갈았다.

그리고 아직 납득하지 못한 건지 여전히 아쿠아와 위즈 사이에서 꼼짝도 하지 않았다.

위즈는 자신의 앞에 서 있는 바닐 너머로 아쿠아를 쳐다보더니 두 손을 가슴 앞으로 모으고 미소 지었다.

"원래라면 아쿠아 님과 처음 마주쳤을 때, 저는 바로 정화 당했어야 마땅하겠죠. 그런데 지금까지 눈감아주셔서 감사해요, 아쿠아 님. 덕분에 바닐 씨와 이렇게 가게를 경영할 수 있었고, 다양한 분들과 만날 수 있었답니다. 저도 꽤 오랫동안 살았지만, 최근 1년이 제 인생에서 가장 즐거웠던 시기라고 생각해요. 정말이에요. 그래서 아쿠아 님을 눈곱만큼도 원망하지 않아요. 진심으로 감사하고 있답니다."

"…………."

바닐은 위즈의 말을 듣더니 아무 말 없이 옆으로 물러났다.

여전히 어금니를 깨물고 있는 것을 보면 납득하지 못한 것 같지만 위즈의 의지를 존중할 생각인 것 같았다.

"이 가게는 예전에 저의 모험가 동료였던 이들을 맞이하기 위한, 그들이 돌아올 집 삼아서 차린 거랍니다. 그리고 얼마 전……. 그래요. 저와 바닐 씨의 과거에 대해 물어본 아쿠아 님이 이야기를 듣다가 낮잠이 드셨을 때의 일이에요. 이 가게에 찾아온 소중한 동료들을 「어서 와요」라고 말하며 맞이했답니다……. 그러니, 이제 만족했어요."

아쿠아는—.

"으…… 으윽……."

위즈에게 뜻밖의 말을 들은 뒤 울먹거리며 뒷걸음질을 쳤다.

그런 아쿠아를 본 위즈는 어린아이를 달래는 어조로 말했다.

"아쿠아 님. 저는 언젠가 누군가에게 정화당해야 하는 몸이랍니다. 안 그러면, 영원히 살아갈 수밖에 없는 존재죠. 그리고 언젠가 누군가에게 정화를 당해야 한다면, 저는 아쿠아 님에게 정화되고 싶어요. 게다가 당신에게 도움이 될 수 있다면 더할 나위 없죠. 왜냐하면…………."

위즈는 한 점의 거짓도 어리지 않은 온화한 표정을 짓고

아쿠아를 안심시키려는 듯이, 그리고 그녀가 느낄 죄책감을 덜어주려는 듯이—.

"저는, 아쿠아 님을 좋아하니까요."

—라고 말하며 상냥한 미소를 지었다.

나와 바닐, 제레실트는 아무 말 없이 아쿠아를 응시했다.

그리고 위즈는 자기 자신보다 아쿠아를 더 걱정하는 표정을 머금고 있었다.

그런 우리의 시선을 더는 견딜 수가 없는 건지—.

"으…… 으으……. 우, 우에에에에엥~!"

양심의 가책을 견디다 못한 아쿠아가 가게 밖으로 뛰쳐나갔다.

2

……이 마을에서 가장 상냥하고 가장 제대로 된 인물이 리치라는 사실을 알고 묘한 자괴감에 사로잡힌 나는, 저택으로 돌아가자마자 아쿠아를 찾았다.

저택 거실에서는 소파에 앉은 다크니스와 메구밍이 보드게임을 하고 있었다.

"저기, 아쿠아는 안 돌아왔어?"

"아쿠아 말인가요? 아까 엄청난 기세로 돌아오더니, 자기 방에 틀어박혔어요. 그리고 밥 먹자고 불러도 방에서 나오지 않네요. 무슨 일 있었나요?"

나는 메구밍의 말을 듣고 낮은 신음을 흘렸다.

어떻게 한다. 한동안 내버려둘까.

……그럴 수는 없다.

"아, 그럴 만한 일이 있었어. ……아쿠아 몫의 음식을 줘. 내가 그 녀석한테 가져다줄게."

나는 메구밍에게서 음식을 넘겨받은 후 아쿠아의 방으로 향했다.

"—어이~, 심정은 이해하지만 혼자 돌아가 버리지 말라고~. 그리고 메구밍이 만든 음식을 가지고 왔으니까, 빨리 문 열어."

"…………나 좀 내버려둬. 지금, 여신으로서의 자부심에 미세한 상처가 났단 말이야."

……미세한 상처만 난 거냐.

나는 문 너머로 아쿠아에게 또 말을 걸었다.

"저기……. 이제 마왕 퇴치 같은 건 관두는 게 어때? 그렇게까지 하면서 천계에 돌아갈 필요가 있는 거야?"

"…………."

사실 아쿠아도 위즈를 싫어하지는 않을 것이다.

위즈에게 시비를 걸거나, 바닐과의 싸움에 휘말린 그녀가 정화될 뻔한 적은 자주 있었지만…….

……양립할 수 없는 존재인데도 불구하고 두 사람의 사이는 나쁘지 않았다.

나는 또 말을 건넸다.

"……천계에 돌아가면, 두 번 다시 위즈를 만날 수 없다는 건 알고 있는 거야?"

물론, 우리하고도 말이다.

……잠깐, 에리스 님은 크리스가 되어서 때때로 지상에 놀러오니까 만날 수는 있으려나?

하지만 아쿠아의 경우는 어떨까.

이 녀석은 일본을 담당하는 여신이라고 했다.

그런 아쿠아가 이 세계에 자주 올 수 있을까.

아쿠아가 대답하지 않자 이곳에 정적이 흘렀다.

나는 아쿠아에게 다시 말을 건넸다.

"……메구밍이 만든 음식도 들고 왔어. 안 먹을 거면 가지고 갈게."

"…………음식은 두고 가."

밥은 먹는 거냐.

"—아쿠아가 왜 저러는 거예요? 평소 같으면 누구보다 먼저 식탁에 올 텐데 말이에요. 혹시 배라도 아픈 건가요?"

내가 거실로 돌아가자 메구밍이 걱정 섞인 어조로 그렇게 물었다.

한편, 다크니스는 팔짱을 낀 채 굳은 표정으로 낮은 신음을 흘리고 있었다. 아무래도 게임은 메구밍이 우세한 것 같았다.

“신경 쓰지 마. 일단 가져다준 음식은 먹으려는 것 같아. 그거 먹고 시간이 좀 흐르면, 배가 고파서 다시 내려올 거야.”

나는 느긋한 목소리로 그렇게 말했다. 결국 아쿠아는 해가 진 후에도 방에서 나오지 않았다.

3

잠이 오지 않는다.

어느새 한밤중이 된 것 같았다.

벌레소리도 거의 들리지 않는, 그런 조용한 밤이다.

오늘 아침에 벌어진 소동 같은 건 딱히 드문 일도 아니었다.

아쿠아가 난리를 치며 주위에 폐를 끼친 끝에 결국 엉엉 울면서 집으로 돌아간다.

평소에도 자주 일어나는 일이다.

하지만 오늘은 유독 신경이 쓰였다.

위즈를 두 번 다시 못 만나게 되어도 괜찮겠느냐고 물었을 때 아쿠아는 입을 다물었다.

실은 위즈가 아니라 다른 이를 언급하고 싶었다.

『우리와 영영 작별하게 되어도 괜찮은 거냐』라고 말이다.

…….

…………….

"아아아아아아아아아아아아아!"

나는 이불을 뒤집어 쓴 채 침대 위를 굴러다녔다.

무슨 그런 부끄러운 생각을 다 하는 거냐고 생각하며 베개에 얼굴을 묻은 채 버둥거렸다.

아니다. 실은 이렇게 묻고 싶었다.

오랫동안 여기서 지냈으면서 이제 와서 돌아가고 싶은 거냐, 라고…….

이 멤버로 지내는 생활에 익숙해졌기에 나는 이제 아쿠아가 없는 생활을 상상할 수가 없다.

아쿠아가 천계로 돌아간다.

사라진다.

……그러면 어떻게 될까?

메구밍, 다크니스와 셋이서 살게 될 것이다.

거금과 저택을 가지고 있을 뿐만 아니라, 아쿠아의 응석을 받아주거나 문제를 처리할 필요도 없어지는 것이다. 또한 어른의 계단을 올라가려고 할 때 방해를 받지도―.

…………어.

나는 대체 뭘 고민하고 있었던 걸까. 그런 생활도 나쁘지 않다는 생각이 들었다.

……아, 아냐.

아쿠아가 이 말을 들으면 울음을 터뜨릴 거라고.

그리고 그 녀석이 없으면 여러모로 심심할 것 같기도 했다.

그렇다. 문제는 일어나지 않겠지만 매일같이 심심할 것이다.

하지만 아쿠아는 어떻게 생각할까.

아니, 왜 나는 아쿠아 때문에 이렇게 늦은 시간까지 잠도 못 자고 고민에 잠겨 있는 걸까.

짜증이 나기 시작했다.

그렇다. 속이 부글부글 끓기 시작했다.

"…………."

나는 이불을 걷어차며 벌떡 일어섰다.

늦은 시간이지만 그 바보를 깨워서 한 소리 해줘야겠다.

그리고 설교도 해주는 거다.

마왕을 쓰러뜨리러 가는 것이 얼마나 위험하고 그에 비해 얻을 수 있는 이득 또한 적다는 것을 가르쳐 줘야지.

나는 방을 나선 후 가능한 한 소리를 내지 않고 이동했다.

메구밍과 다크니스는 아마 잠이 들었겠지만 두 사람한테 걸려서 아쿠아를 덮치러 간다는 오해라도 사면 곤란하다.

아니, 곤란한 정도가 아니다. 그 오해만큼은 사토 카즈마의 평생 씻지 못할 치욕으로 남을 것이다.

잠복 스킬을 쓰면서 아쿠아의 방으로 몰래 향하던 나는…….

—밤하늘을 올려다보고 있는 아쿠아를 발견했다.

저택 2층, 정면 현관의 윗부분은 발코니다.

아쿠아는 그 발코니에 앉아 있었다.

오늘 밤에는 아름다운 보름달이 떠 있었다.

옅은 물빛을 띤 날개옷 차림의 아쿠아가 무릎을 꼭 끌어안은 채 멍하니 달을 올려다보고 있었다.

아무 말 없이 달을 올려다보고 있는 아쿠아의 모습은 확실히 여신다워 보였다.

그러고 보니 내가 일본에서 죽고 처음으로 아쿠아를 만났을 때, 한눈에 이 녀석이 여신이라는 것을 이해했다.

아쿠아는 그만큼 아름다웠던 것이다…….

나는 문뜩 생각했다.

이 녀석이 평소에 입 좀 다물고 살면 참 좋겠네.

내가 조금 떨어진 곳에서 아쿠아를 쳐다보고 있자 그녀도 내 기척을 느낀 것 같았다.

"……이런데서 뭐하고 있는 거야? 잠이 안 오는 거야?"

아쿠아가 그렇게 말했고 나는 멋쩍은 듯 뒤통수를 긁적이면서 발코니로 향했다.

훔쳐보고 있었다고 말하는 건 좀 그런데, 어떻게 하면 좋을까.

달을 올려다보고 있는 네 모습을 넋을 잃고 쳐다봤다, 라고는 절대 말할 수 없다.

그런 소리를 했다간 기어오를 게 틀림없었다.

그래서 나는 머릿속으로 한 생각과는 전혀 상관없는 말을 입에 담았다.

"……뭐, 낮잠을 좀 많이 잤거든. ……너야말로 뭐하고 있는 거야? 이러다 모기한테 물릴걸?"

아쿠아는 나를 쳐다보지도 않고 「카즈마 씨는 여전히 나태 그 자체의 인간 말종이네~」라고 말한 후 다시 멍하니 달을 올려다보았다.

…………

"식탐 밖에 없는 네가 달을 쳐다보면서 뭐하고 있는 거야? 천계가 달에 있어? 너희는 달에 사는 공주님 같은 거야?"

"아냐. 그냥 아름다워서 쳐다보는 것뿐이야. 전부터 생각했던 건데, 너는 대체 나를 어떻게 생각하는 거야? 나도 아름다운 걸 감상할 때가 있거든? 어때, 달을 올려다보는 여신은 한 폭의 그림 같지?"

확실히 한 폭의 그림 같다.

그리고 솔직하게 말하자면 이 녀석이 여신이라는 걸 다시 실감했다.

물론 솔직하게 말할 생각은 없지만 말이다.

"……어이. 너, 그렇게 천계에 돌아가고 싶은 거야? 여기에 와서 1년 넘게 살았지? 그리고 많은 사람들을 만났잖아. 그 녀석들과 만나지 못하게 되면 쓸쓸할 거라는 생각은 안 드는 거야?"

"…………."

아쿠아는 그 말에는 답하지 않고 여전히 달만 올려다보았다.

이윽고 그녀는 나에게 등을 보인 채 독백을 하듯 중얼거렸다.

"아직 1년밖에 안 됐네~. 왠지 엄청 이상한 기분이야. 천계에서 천사나 다른 신들과 보낸 세월은 훨씬 더 긴데 말이지. 여기서 보낸 하루하루가 파란만장했기 때문일까?"

파란만장한 생활을 하게 된 건 대부분 네 탓이지만…….

그런 말이 입안을 맴돌았으나 나는 꾹 참았다.

그 대신, 나는—.

"천계에서 더 긴 세월을 살았다면, 너는 역시 할망……."

"헛소리를 늘어놓으면, 네 하반신에 인간이 영원히 풀 수 없는 봉인을 걸 거야."

나는 태어나서 처음으로 아쿠아를 진심으로 두려워했다.

아쿠아는 독백을 하는 어조로 말을 이었다.

"천계라는 곳은 말이지? 변함없는 나날이 계속되기만 해. 쭉~ 변함이 없어. 솔직히 말해, 엄청 심심하다니깐. …… 뭐, 변함이 없으니 괴로울 일도 없지만."

괴로울 일.

저번에 모험가들이 손바닥 뒤집듯 태도를 바꿨던 일을 말하는 걸까.

내가 그런 생각을 하면서 아무 말도 하지 않자—.

"그 후에 이 마을 사람들이 나를 찾아와서 사과했어. 뭐, 여신인 나는 딱히 개의치 않지만."

거짓말 하지 마. 메구밍과 다크니스한테서 네가 그 일로 엄청 풀이 죽었다는 이야기를 들었다고.

……아쿠아는 달을 올려다보면서 작은 목소리로 중얼거렸다.

그녀는 딱히 쓸쓸해 보이지도 않았고, 슬퍼 보이지도 않았다.

그저, 원래 자기가 있던 곳을 먼 곳에서 쳐다보고 있는, 마치 미아 같은, 그런 멍한 표정으로…….

"……돌아가고 싶네…………."

그것은 나에게 한 말이 아니었다.

재촉도, 응석도 아닌, 아쿠아의 작디작은 소원…….

나는 이 녀석이 천계에서 얼마나 긴 세월을 살았는지 모른다.

그곳에 어떤 지인이 있고, 어떤 친구가 있으며…….

그리고 어떤 생활을 했는지도, 알지 못한다.

……이 녀석을 억지로 끌고 온 사람은 바로 나니까, 본인이 정 원한다면 내가 다시 돌려보내줘야 하리라.

솔직히 말해 치트 보유자가 이 세계로 오지 않는 것도 내 탓이나 다름없다.

그래도 마왕을 쓰러뜨리는 건…….

……무슨 말을 해주면 좋을까.

"……저기 말이야. 아주 조금만 마왕 퇴치를 긍정적으로 생각해줄게. ……뭐, 내가 직접 해치우러 가겠다는 건 아니거든? 예를 들어, 위즈의 가게에서 폭발 포션을 대량으로 사서 그걸로 폭발물을 만드는 거야. 그리고 텔레포트로 마왕성 주변에 이동한 다음, 지뢰처럼 주위에 묻어두는 거지. 즉, 성에서 못나오게 해서 물자를 차단하는 거야. 그것 말고는 융융에게 마왕성 인근을 텔레포트 장소로 등록하라고 한 다음에, 매일같이 폭렬마법을 날려서 괴롭혀준다거나……."

내가 약간 빠른 말투로 그렇게 말하자—.

"……푸푸푸풉! 그렇게 질색을 하던 카즈마가 드디어 슬슬 넘어오기 시작했네! 거봐. 역시 카즈마 씨가 어떻게든 해 줄 거야. ……그래도 됐어. 안 그래도 약해빠진 카즈마가 지금 레벨로 마왕에게 공격을 받았다간, 소생조차 불가능할 정도로 몸이 훼손될지도 모르거든."

이, 이 녀석…….

이 녀석은 항상 괜한 소리를 늘어놓는다니깐.

나는 발코니에서 복도로 이동한 후 아쿠아의 등을 쳐다보고 이렇게 말했다.

"내가 약한 건 치트 대신 너를 받았기 때문이야. 내가 약하다는 소리는 네가 도움이 되지 않는다는 의미나 다름없거든? 방금 그 말은 네 얼굴에 침 뱉는 거나 다름없다고. 알았어? 잉여신 님?"

"저기, 봉인을 걸어줄 테니까 이쪽으로 좀 와봐."

"잘못했습니다."

이곳에 더 있다간 진짜로 내 하반신이 봉인될지도 모른다.

내가 발코니에서 꼼짝도 하지 않는 아쿠아를 향해 빨리 잠이나 자라고 말한 뒤 자기 방으로 돌아가려 했을 때였다.

바로 그때, 아쿠아가 무릎을 꼭 끌어안은 채…….

달을 계속 올려다보고 이렇게 말했다.

"카즈마 씨, 카즈마 씨."

나는 멈춰선 후—.

"……응? 왜?"

여전히 나를 쳐다보지 않는 아쿠아를 돌아보았다.

"……사토 카즈마 씨. 당신은 이 세계에 오게 되어서 좋았나요? 후회하지는 않나요?"

아쿠아가 그런 소리를 했다.

일본에 있을 적의 나는 앞날이 불안한 은둔형 외톨이에 불과했다.

그런데 지금은 부자가 되었을 뿐만 아니라 이런 멋진 집까지 소유했고, 이세계의 미소녀들에게 사랑받는다고 하는 쾌거를 이룩했다.

세레나에게 살해당했을 때는 돌아가기 싫다고 응석을 부렸지만 말이다.

아쿠아에게 고마워한다면 몰라도 이제 와서 후회할 리가 없다.

설령, 이렇게 가혹하고 변변찮은 세계에 보내졌다 할지라도…….

"후회 같은 걸 할 리가 없잖아. 이곳에 오게 되어서 정말 좋았다고 생각해."

아쿠아는 그 말을 듣고 안심한 건지 작게 한숨을 내쉬었다.

내가 아쿠아를 이곳으로 데려온 것 때문에 약간 죄책감을 느끼고 있듯, 이 녀석도 나를 이 세계로 보낸 것을 조금 신경 쓰고 있는 걸까.

"그럼 다행이야. ……잘 자. 달을 바라보는 내가 아름다워서 엉큼한 마음을 품고 다음에 이상한 짓을 하려고 하지 마. 그랬다간 천벌을 받을 거야."

"그럴 일 없으니까 걱정하지 마."

내가 주저 없이 그렇게 대답하자 아쿠아는「딱 잘라 그렇게 말하니 좀 열 받네. 역시 확 봉인을……」같은 무시무시한 소리를 중얼거렸다.

나는 그 말을 듣자마자 허둥지둥 내 방으로 도망쳤다.

나는 내 방 침대에 드러누운 채 생각에 잠겼다.

……마왕…….

솔직히 무리다.

간단히 해치울 방법이 있다면…….

……아냐, 역시 무리일 게 틀림없다.

그래도 차분하게 생각해보면 좋은 방법이 한두 개 정도

는…………

나는 그런 생각을 하다 문뜩 깨달았다.

왜 마왕을 퇴치할 방법을 진지하게 고민하고 있는 거지?

나는 바보 같은 생각을 떨쳐내려는 듯 눈을 감은 후 그대로 잠에 빠져들었다.

나는 수마에 몸을 맡기면서 멍하니 생각했다.

지금까지는 딱히 해본 적 없는 생각을…….

—마왕에게 맞서 싸울 수 있는, 그런 치트 수준의 힘을 가지고 싶어…….

# 에필로그

"어이, 카즈마! 카즈마, 일어나라! 일어나란 말이다!"

나는 그 목소리를 듣고 바로 잠에서 깨어났다.

잠이 깊이 들었던 건 아닌지, 의식이 금방 또렷해졌다.

다크니스는 나를 격렬하게 흔들면서 큰 목소리로 고함을 지르고 있었다.

………….

나는 다시 눈을 감고 다크니스를 안은 후 그대로 침대에…….

"흠냐흠냐, 더는 못 먹겠어……."

"어, 어이! 너, 깨어났지 않느냐! 아앗, 잠깐……! 잠…………. ………………."

……다크니스는 나에게 안긴 채 꼼짝도 하지 않았다. 그리고 가볍게 장난을 쳐봤을 뿐인 내가 이제 어떻게 하면 좋을지 고민하고 있을 때—.

"……지금 뭐하고 있는 거죠? ……저는 카즈마를 깨워서 데려오라고 말했거든요?! 제가 눈만 뗐다 하면 이 남자를 유혹하는 건가요?! 다크니스는 완전 색골이군요!"

"윽?! 아아아, 아니다~! 나는 아무 짓도……!"

아무래도 메구밍도 내 방에 들어온 것 같았기에 나는 슬며시 눈을 떴다.

그러자 내 품에 안긴 다크니스와 시선이 마주쳤다.

"……너, 또 나를 덮치려고 한 거냐?!"

"아앗! 너, 너 이 자식……!"

누명을 쓴 바람에 울먹거리며 볼을 붉힌 다크니스에게서 떨어진 나는, 기지개를 펴고 두 사람에게 물었다.

"무슨 일이기에 둘 다 아침부터 이렇게 야단법석인 거야?"

"점심때가 다 되었거든요?! 그것보다 큰일 났어요! 이것 좀 보세요!"

나는 침대에서 상체만 일으킨 채 메구밍이 건네준 것을 쳐다보았다.

편지였다.

펼쳐보니 그 안에는 어마어마한 달필로 이런 내용이 적혀 있었다.

『친애하는 귀하께. 어느새 싱그러운 초여름이 되었습니다. 잘 지내고 계신지요?

다크니스는 장롱 모퉁이에 발을 찧는 놀이를 적당히 하세요.

메구밍도 폭렬마법의 사용을 자제하지 않았다간, 이윽고 일어날 온난화 현상의 이유 중 하나로 꼽히게 될 거예요.

카즈마가 성욕이 넘치는 건 알지만, 저희 세탁물을 바닥에 깔아놓고 그 위에서 데굴데굴 굴러다니는 짓은 자제해 주세요.』

나는 읽고 있던 편지를 구긴 후 방구석을 향해 던졌다.

“‘아앗!’”

메구밍이 내가 던진 편지를 주워왔다.

“심정은 이해하지만, 끝까지 읽어주세요.”

나는 그 말을 듣고 어쩔 수 없이 편지를 계속 읽었다.

『자, 이 세계는 마왕 때문에 황폐해지고 있습니다. 아리따운 여신인 제가 그런 마왕을 방치해둘 수 있을까요?

아뇨, 그건 무리랍니다.

이 세상에 존재하는 경건한 아쿠시즈 교도들.

저를 신앙하는 10억 명의 신자들의 마음에 부응하기 위해, 저는 여행을 떠납니다.

그래요, 전설이 되기 위해…….』

나는 편지에서 눈을 뗀 후 두 사람을 쳐다보았다.

“……아쿠시즈 교도가 10억 명이나 되는 거야?”

“……전 세계의 신자를 다 합쳐도 수백 명밖에 안 될 거다.”

다크니스는 그렇게 말했고 나는 안심하면서 편지를 계속 읽었다.

『그런 숭고한 목적을 위해……!

잠시, 마왕을 퇴치하러 갔다 올게요.』

나는 침대 위에서 벌떡 일어섰다.

"그 바보가……!"

다크니스가 당황한 나를 쳐다보고 말했다.

"……아쿠아는 요즘 들어 카즈마가 주는 용돈을 안 쓰고 계속 모았으니, 아마 상당한 금액을 가지고 있을 테지. 그 돈으로 실력이 뛰어난 모험가를 고용할 생각인 걸지도 모른다……."

나는 다크니스의 말을 듣자마자 침대 밖으로 뛰쳐나갔다.

빨리 쫓아가야해……!

—바로 그때, 두 사람의 난처한 표정이 눈에 들어온 나는 위화감을 느꼈다.

내가 고개를 갸웃거리자 메구밍은 편지의 구석 부분을 손가락으로 가리켰다.

그곳을 쳐다보니…….

거기에는 유심히 쳐다봐야 겨우 알아볼 수 있는 글씨 흔적이 있었다.

아마 뭔가를 적었다가, 꼴사납다 싶어서 지운 것 같았다.

『추신. 저를 찾아주세요.』

……찾지 말아주세요, 라고 적어야 할 거 아냐.

——————이 멍청아.

## ■작가 후기

우선, 이 책을 구매해주셔서 감사합니다.

이번 권은 주인공인 사토 카즈마의 역습 편이었습니다.

주인공인 사토 카즈마는 평소 자기 쪽에서 먼저 시비를 걸지도 않고 싸우더라도 동료들의 힘을 빌렸죠.

그런데 쓸쓸한 표정을 짓고 있는 아쿠아를 위해 혼자서 간부에게 도전했고, 적에게 세뇌를 당하면서도 계속 저항한 끝에……!

후기부터 읽는 분은 거의 없을 거라고 생각합니다만, 이번 권의 내용을 스포일러하자면 이렇다 할 수 있습니다.

거짓말이 아닙니다.

이번 권이 무사히 출간될 수 있었던 것은 일러스트레이터이신 미시마 쿠로네 선생님을 비롯해, 담당편집자이신 I님, 그리고 디자이너 님과 교정자 님, 편집부의 많은 분들과 관계자 여러분, 그리고 지금까지 응원해주신 모든 독자 여러분 덕분입니다.

그럼, 매번 드리는 말씀입니다만…….

이 시리즈에 관여해주신 여러분, 그리고 모든 독자 여러분에게, 진심으로 감사를!

아카츠키 나츠메

# 후기.

편지 내용을 고민 중인 아쿠아 님.

NEXT
어이, 메구밍! 큰일 났어! 아쿠아가 없어진 바람에 변기의 찌든 때가 지워지질 않아……!
어이 카즈마…….
이쪽도 큰일 났어요! 아쿠아가 없으니 욕실에 물을 받는데 시간이 너무 걸려요!
저, 저기 메구밍…….
맙소사……. 사라진 후에야 그 녀석이 얼마나 소중한 존재였는지 깨닫다니…….
이러니저러니 해도 저희는 아쿠아에게 의지해왔던 거군요…….
저기, 아쿠아가 아직 문밖에 있는데……!
………….
우에에에에에에엥~! 진짜로 여행을 떠날 거야~!
COMING SOON!!
이 멋진 세계에 축복을! 16

## ■역자 후기

안녕하십니까. 근로청년 번역가 이승원입니다.

『이 멋진 세계에 축복을!』 15권을 구매해주셔서 진심으로 감사드립니다.

2019년이 된지 얼마 안 된 것 같은데, 어느새 봄이 되었습니다.

봄이 왔으니 이제 기분 전환도 할 겸 외출도 하고 싶은데…… 일이 너무 많네요, AHAHA.

번역 업무는 물론이고 집에 수리해야 할 곳도 꽤 됩니다. 싱크대도 교체해야 하고, 수도 쪽 점검, 집 전체 방수처리 등등…… 아, 그러고 보니 물탱크 교체도 해야 되는군요. 으으, 이 많은 일을 언제 다 할지…….

가능하면 날이 본격적으로 더워지기 전에 수리를 끝내는 걸 목표로 하고 있습니다.

이렇게 되면 한가한 악우들을 짜장면 소환진(?)으로 불러내서 부려먹는다는 악덕기업 빰치는 짓을……. 평소에 저를 괴롭힌 걸 이런 식으로 복수해버리는 겁니다, AHAHA.

그럼 본편에 관한 이야기를 해볼까 합니다.

스포일러가 포함되어 있을 수도 있으니 본편을 읽지 않으신 분들은 유의해주시길!

15권은 작가님께서도 말씀하셨다시피 카즈마의 대활약 편이었습니다.

자신의 안위를 위해 마왕군과 손을 잡으려 하던 카즈마가 여신의 눈물을 보고 정의(?)에 눈뜨더니, 혼자 힘으로 마왕군 간부와 처절한 결전을 벌인 끝에 결국 승리!

……거, 거짓말은 안 했습니다. 눈곱만큼의 거짓말도 섞여 있지 않아요!

카즈마는 툭하면 쓰레기라는 소리를 듣지만, 그래도 그가 마음만 먹으면 얼마나 성가신 존재가 되는지 이번 권에서 똑똑히 들어났습니다.

상대가 힘보다는 두뇌에 의지하는 상대이기에 카즈마가 그런 면에서 우위를 점하며 몰아갔다고 볼 수도 있습니다. 하지만 상대가 힘에 의존했다면 지금까지 카즈마네 파티에게 박살이 난 마왕군 간부와 같은 말로를 걸었겠죠.

서로의 허를 찌르려는 고도의 심리전(?), 그리고 그 과정에서 펼쳐진 극심한 고통을 동반하는 인내심 대결(?!), 마지막으로 수많은 이들을 구하기 위해 동귀어진이라는 길을 택

한 카즈마의 숭고한 희생(?!!)…… 카즈마도 어엿한 한 작품의 주인공이라는 것을 실감할 수 있는 이야기였습니다.

……거, 거짓말은 안 했습니다. 예. 눈곱만큼의 거짓말도 섞여 있지 않다고요! 믿어주십시오!

그럼 이만 줄이겠습니다.

L노벨 편집부 여러분. 항상 재미있는 작품을 맡겨주셔서 감사합니다. 앞으로도 잘 부탁드립니다.

곱창 먹으러 가자고 한 악우여. 돼, 돼지곱창이 아니라 소곱창 먹으러 갈 거면 미리 말 좀 해줘……. 더치페이할 현금이 없어서 중간에 은행까지 뛰어가야 했다고……ㅠㅜ.

마지막으로 언제나 제게 버팀목이 되어주시는 어머니와 『이 멋진 세계에 축복을!』을 읽어주신 모든 분들에게 진심으로 감사드립니다.

가출한 망나니 여신을 찾으러 가게 될(차, 찾으러 가겠죠?! 설마 그냥 나 몰라라 하지는 않겠죠?!) 불쌍한 카즈마 씨의 앞날이 그려질 16권 역자 후기 코너에서 다시 뵙겠습니다!

2019년 3월 초

역자 이승원 올림

이 멋진 세계에 축복을! 15
사교 신드롬

1판 1쇄 발행 2019년 4월 10일
1판 8쇄 발행 2023년 6월 13일

**지은이_** Natsume Akatsuki
**일러스트_** Kurone Mishima
**옮긴이_** 이승원

**발행인_** 최원영
**편집장_** 김승신
**편집진행_** 권세라 · 최혁수 · 김경민 · 최정민
**편집디자인_** 양우연
**관리 · 영업_** 김민원

**펴낸곳_** (주)디앤씨미디어
**등록_** 2002년 4월 25일 제20-260호
**주소_** 서울시 구로구 디지털로 26길 111 JnK디지털타워 503호
**전화_** 02-333-2513(대표)
**팩시밀리_** 02-333-2514
**이메일_** lnovellove@naver.com
**L노벨 공식 카페_** http://cafe.naver.com/lnovel11



ISBN 979-11-278-4993-1 04830
ISBN 979-11-278-4330-4 (세트)

**값 7,000원**